WEI YUEDU
微阅读
1+1工程
1+1 GONGCHENG 第四辑

U0688120

上海亲眷

万芊

百花洲文艺出版社
BAIHUAZHOU LITERATURE AND ART PRESS

图书在版编目(CIP)数据

上海亲眷 / 万芊著 . —南昌 : 百花洲文艺出版社,
2013.10(2018.12 重印)

(微阅读 1 + 1 工程)

ISBN 978 – 7 – 5500 – 0808 – 3

Ⅰ.①上… Ⅱ.①万… Ⅲ.①小小说—小说集—中国
—当代 Ⅳ.①I247.8

中国版本图书馆 CIP 数据核字(2013)第 252395 号

上海亲眷

万　芊　著

出　版　人 : 姚雪雪

组稿编辑 : 陈永林

责任编辑 : 赵　霞　游灵通

出　　　版 : 百花洲文艺出版社

发行单位 : 全国新华书店

印　　　刷 : 香河利华文化发展有限公司

开　　　本 : 700mm×960mm　1/16

印　　　张 : 12

版　　　次 : 2014 年 2 月第 1 版

印　　　次 : 2018 年 12 月第 3 次印刷

字　　　数 : 128 千字

书　　　号 : ISBN 978 – 7 – 5500 – 0808 – 3

定　　　价 : 29.80 元

赣版权登字 : 05 – 2013 – 362

邮购联系 : 0791 – 86895108

网址 : http://www.bhzwy.com

图书若有印装错误,影响阅读,可向承印厂联系调换。

前　言

以"极短的篇幅包容极大的思想"，才能够以小胜大，经过读者的阅读，碰撞出思想的火花，震撼人的心灵。正因为这样，微型小说成为一种充满了幽默智慧、充满了空灵巧妙的独特文体。

如果说在二十一世纪的头一个十年，是互联网大大改变了我们的生活，那么在我们正在经历的第二个十年里，手机将更为巨大地改变我们的生活。如今，以智能手机为平台，正在构成一个巨大的阅读平台。一种新的阅读方式正不知不觉地走进大众的生活。一个新的名词就此产生，它便是"微阅读"。微阅读，是一种借短消息、网络和短文体生存的阅读方式。微阅读是阅读领域的快餐，口袋书、手机报、微博，都代表微阅读。等车时，习惯拿出手机看新闻；走路时，喜欢戴上耳机"听"小说；陪人逛街，看电子书打发等待的时间。如果有这些行为，那说明你已在不知不觉中成为"微阅读"的忠实执行者了。让我们对微型小说前景充满信心和期待的是，微型小说在微阅读的浪潮中担当着极为重要的"源头活水"。

　　肩负着繁荣中国微型小说创作、促进这一文体进一步健康发展的责任和使命，微型小说选刊杂志社推出了"微阅读 1＋1 工程"系列丛书。这套书由一百个当代中国微型小说作家的个人自选集组成，是微型小说选刊杂志社的一项以"打造文体，推出作家，奉献精品"为目的的微型小说重点工程。相信这套书的出版，对于促进微型小说文体的进一步推广和传播，对于激励微型小说作家的创作热情，对于微型小说这一文体与新媒体的进一步结合，将有着极为重要的作用和意义。

编者

2014 年 9 月

目　录

半夜急救

半夜十二点多，夏院长刚抢救了一名酒后溺水的民工，才回二楼值班休息室想喝口咖啡缓缓神，手机又局促地响了，是外科值班医生打来的，说是急救室又来了两个车祸病人，有一人伤得挺重。

夏院长是陈墩镇医院管业务的副院长又是外科医生，还是这晚的值班院领导。一接电话，夏院长便匆匆来到一楼急救室，只见两张急救床上，一边躺着一人，都是三十多岁，男的，浑身是血。一个在呻吟，半边脸已经肿得变了形，血流不止。另一个，一眼能看到的是有一条腿断了，人昏迷，神志不清。

夏院长吩咐了几句，先动手抢救断腿病人。人手不够，夏院长让护士把内科值班医生、护士都叫了过来，还让给在家的骨科医生、麻醉师打电话，叫他们马上赶来。

输氧、输血、清创、消炎、用药、缝合、检查……

急救室里，一切有条不紊。

不一会儿，骨科医生、麻醉师也赶了过来。断腿病人做了检查后被推到了楼上手术室，继续抢救，开始做接肢手术。按理说这么危重的病人最好转送市医院，那边医疗技术和设备都要比他们这乡区医院要好，但夏院长担心路上出事，这病人已经耽搁了好长时间，只有马上手术。

手术进行间，夏院长问值班外科医生："这两个车祸人怎么过来的？谁送过来的？送的人呢？"

值班外科医生说："是脸受伤的人自己开着摩托车驮着断腿人过来的。过来时，倒在医院大门内，浑身是血，吓坏了保安。"

"又是摩托车？"夏院长心头一凉，又问，"他们有没说在哪出的车祸？"

值班外科医生一脸困惑，说实在的，这两人，一个昏迷，一个死不

开口，连最起码的缴费、签字手续，都无法弄。

"他们不像是在附近出的车祸，你们说呢？"夏院长仔细看了伤口说。

值班外科医生手上忙着，嘴里说："是的，从创面看，他们受伤已经有一段时间了，只是我没想通，他们怎么不去市里的几个医院，偏要赶到我们这偏僻的乡镇医院呢？这两人伤得蹊跷！"

夏院长吩咐一旁的内科护士，说："你去，抓紧做几桩事。一桩是把那个脸上受伤的人送特护病房，安排特护，不能脱人。第二桩是你给我家里打个电话，让我女儿马上来这里。说我这里有事让她过来帮忙。"

夏院长的女儿是市一院的外科医生，读的是博士，专攻心血管。只是，熟悉夏院长的几个医生都知道，夏院长女儿夏阳半年前出了事受了伤，一直在家养伤。夏阳怎么受的伤，夏院长自己没说，但医院里消息灵通的都知道。夏阳从医院里值夜班开车回家下车进楼道时，被骑摩托车的飞车贼抢了包，抢包的人很恶劣，车子突然从黑暗里窜出，打了她一铁棍，把她打翻在地。打的是腿，很狠，一条腿当即被打折。夺包时，夏阳看清了抢包的两人，三十几岁的男人，报警时她愤恨地说，这两人，烧成灰，她也认得。

一个多小时后，夏阳来了，拄着拐杖，缓缓进了手术室。进了手术室，夏阳看了看躺在手术台上的病人，与父亲夏院长的眼神对视交换一下，两人似乎什么都明白了。夏阳没说话，坐在一边，默默地看父亲做手术。夏院长虽说已 59 岁了，然眼神和手的灵活，仍然不会输给已经有了五六年手术经验的女儿。女儿坐在边上，默默地看着。一会儿，有医生进来，拿着检查报告，告诉夏院长一个惊人的坏消息。检查发现在这断腿人胸口离心脏非常近的地方有一枚金属针，针尖已影响到了心脏，需要同时手术。

夏阳再也坐不住了，跟父亲说："这个手术，我来吧。"夏院长清楚，在当事人没有能履行任何签字的情况下进行手术，要冒巨大风险。但若不马上手术，断腿人很可能因为心脏被刺而下不了手术台。夏阳做了一番准备，便为断腿人做起了胸口取针手术。腿受过伤，正在恢复当中的夏阳，站着手术，自然很累，做了一会，累得厉害，便小坐一会歇歇。而一边的夏院长正做着断肢再植手术。两台手术同时进行，父女俩只消眼神传递，便能默契配合。

几个医生护士一直忙到第二天上午九点多，才把断腿病人身上的几个手术做完。从昏迷中抢救过来的断腿病人被送入了特护病房。

好几个小时站下来，夏阳累坏了。手术结束，夏阳问："爸，你怎么知道是他抢了我的包？"

夏院长说："我只是有一点小小的预感，我让你过来就是要让你看看到底是不是他们。其实，我不是让你来做手术的，却被你赶上了。"

夏阳说："没办法，一进手术室，手就痒，遗传的。"

夏院长后来听说，那断腿人使的苦肉计。那插入胸口的针叫"拍针"，是事先花钱叫无良的人插进去的，一旦作案败露，他们便拍胸自残，嫁祸他人。

夏院长想想心里还是有点后怕，幸亏叫来女儿，幸亏及时手术，幸亏手术成功。

第三天，断腿人脱离了生命危险，人在特护病房，走廊里有民警二十四小时轮流看守。一直到康复，这两人才先后从医院转到市看守所。

临走时，断腿人说要见一眼救他的人。夏院长没同意。断腿人有点失望，临上警车前，朝着医院大门，恭恭敬敬地鞠了一个躬。

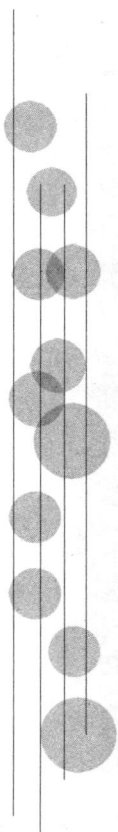

湖歌女

陈墩镇医院是老的庙宇改的。老庙的黄墙被粉刷成白墙后，老庙成了医院。只是年代久了，有些白墙剥落了又露出些黄墙。远远瞧去，黄白相间，像小孩尿床后的被单。原先大殿前的两棵银杏树，高高地伫立在病房院里，遮天蔽日。

医院三面环水，外科冯医生住在后院，紧贴一边的湖面。一推窗，就能招呼湖边窗下摇过的小渔船。

省城来的冯医生是远近出名的"一把刀"。而"一把刀"的冯医生却不敢给肌瘤出问题的妻子尤医生动刀。刀是他们的导师亲自动的，导师告诉他们，病情不乐观。

尤医生是医院里的妇产科医生，开刀以后的尤医生在家调养。术后调养的尤医生需要营养，湖里新鲜的水产是他们的首选。每日早晨，冯医生推窗探身，等候湖边窗下小渔船。

每回，冯医生推开窗户时总能见一条小渔船在不远的湖面上游弋，总能看到一张黝黑的脸、一对明亮的大眼、一口雪白的牙齿、一双小脚丫，那是一个十四五岁的大女孩。鱼很新鲜，价钱也不贵。有几回，窗外有歌声传来，悠悠的，很随意的吟唱，如天籁般美妙。冯医生推窗时，一眼就看见了那熟悉的身影。

养病中的尤医生，总觉得日子过得很慢，每日早晨听姑娘唱歌，成了尤医生每日的期盼。尤医生说听窗外女孩唱歌，比喝鱼汤给人精神。有一回，买了鱼，冯医生突然说，姑娘，亮出喉咙完整唱一首。姑娘落落大方，大眼一忽闪，亮开喉咙便唱：洪湖水呀，浪呀嘛浪打浪啊，洪湖岸边，是呀嘛是家乡啊，清早，船儿去呀去撒网……

面容憔悴的尤医生倚在一边的窗框上，陶醉在歌声中。探出身子的冯医生竟然发现两边沿湖的窗户一扇扇推开。歌声稍停，掌声四起。

姑娘唱毕，乖巧地说，《洪湖水》献给阿姨。闭目陶醉的尤医生，淌下了两行热泪。

之后，姑娘送鱼过来的时候，总是伴着令尤医生陶醉的歌声。姑娘的鱼在医生中很好卖。

日子久了，大家知道姑娘叫小兰，银泾村的，家里女儿多，她是老四，只读了五年小学就辍学帮父母捕鱼卖鱼为家操持。

尤医生跟冯医生说，认小兰做干女儿吧？冯医生知道妻子的心思，做了手术，尤医生已不能生育，但尤医生很喜欢孩子，只是工作太忙，一年年耽搁了。认了小兰，尤医生决计把小兰送进省城。问小兰，你愿意到城里唱歌吗？小兰忽闪着两眼，点点头。于是，尤医生支撑着带小兰乘轮船乘火车到了省城，给小兰添了好些衣物，把小兰交给了自己在大学里教书的父母，还给了好几个月的生活费。小兰进了省里的小歌班，学习唱歌。半年后，小兰给干妈带来了好消息，在省里的民歌比赛中她得了个头等奖，奖到了三十块钱。那是一笔不错的钱。做医生的他们每月才五十二块工资。懂事的小兰给干妈买了一个假发套。

转眼五六年过去了，小兰出落成一位亭亭玉立的大姑娘，从省里到全国，得了好多奖，名声一天天在增大，小兰的绝色乡音吸引了好多歌迷。省音像公司为她出了歌带，她又成了省剧团的正式演员。在家寂寞养身的干妈，每天都在留意广播里突然传来的小兰的歌声。

突然的一天，小兰出现在干妈跟前，一脸愁容。干妈问，怎么啦？小兰哭着说，天塌下来了。那年，小兰才二十。做了那么多年妇产科的干妈自然知道事情的严重后果。小兰只哭。尤医生说，有干妈在天是不会塌下来的。尤医生支撑着身子，破例去手术室为小兰做了手术。

术后，两个女人在家里躺着，极其疲惫。天气又闷热，冯医生怕她们遭风寒，又不敢开窗户，只能不停地在两个女人之间忙碌着，轮番用干毛巾为她们轻轻擦拭额头上的虚汗。歇了几日，小兰又回了省城。生活似乎又回归了平静。然两年后，尤医生再也没有挺住。弥留之际，小兰正在北京冲一个全国大赛，冯医生没有让告诉她，不让她分心。尤医生最后的一句话，跟冯医生说，好好地照顾小兰，像亲生女儿一样。冯医生答应，她带着安详永远地离开了。

正是尤医生断七的忌日，冯医生为尤医生放着她生前喜欢的歌，自然是干女儿小兰唱的。傍晚时分，冯医生突然觉察到敞开的门外有些异样，出门一看，大吃一惊。门外昏暗的树丛边，小兰的身子蜷缩着。冯医生在扶小兰时，摸到了一手的鲜血。

冯医生急忙把小兰抱进了急救室，为她缝合了割开的手腕，洗了肠胃。被抢救过来的小兰，仍处于迷离沮丧绝望当中。冯医生寸步不离，静静地守候在干女儿的床边。

渐渐醒来的小兰，抽泣着，好半晌，哽咽着说，干爹，我对不起你，真的对不起你和干妈。可是，我心里真的很苦。在城里，我啥都不懂，啥都不会，傻得没有哪个傻女人比我更傻了。

冯医生平静地安慰着她，说，是我们对不起你，弄乱了你原本很平静的生活。如果城里实在呆不下去的话，就回来。这里是你的家，这里是你的避风港湾。

小兰忽闪着大眼，噙着泪，点点头。

陪你湖边削水片

李楠随支边的爹娘从遥远的新疆回到陈墩镇落户的那年，十二岁。李楠是个旱鸭子，却又特别喜欢玩水。李楠玩水的时候，李楠的爹娘很不放心，整日提心吊胆的。后来，李楠在学校里认识一个好水性的同学，这同学叫大双。大双水性好，能够一口气凫过一条很宽的江，小小年纪还下河救过落水的小孩。就是大双功课不怎么好，老是挨老师的埋汰。李楠愿意跟大双好，大双自然乐意，一有空就陪李楠去湖边玩水。

陈墩镇边上有个湖，叫淀泖湖。湖面宽，浅滩多。那些浅滩很特别，一走能够走过去半里地，都是很坚实的滩地。滩地上铺满贝壳、螺蛳壳、碎砖、瓦砾、瓷片。听镇上老人说，湖底有沉下去的老街，说是唐朝时的。乡下罱河泥时，总有木井圈、小街面石、瓦片、碎碗盆被罱起来。

李楠和大双，常常在湖边捡了瓦片削水片。一甩手，瓦片贴在平静的湖面上飞出去。每回，他们总齐声数着瓦片点水的次数，谁点得多，谁就是赢家。大双是从小在湖边玩着长大的玩削水片高手，李楠长进也蛮快的。每回大双略胜一筹，李楠不服输，总是一局局比拼下去。每次回家，总是很晚。

这当然已经是三十多年前的事了。没想到的是，在这过去的三十多年日子里，李楠还常常约大双去湖边削水片，一削削出了名堂。李楠从玩水到玩水里的碎瓷片再到开古玩店出售古瓷片饰品，这些年便转身成了镇上排得上号的古玩店老板。两人的友情也一直像相约削水片一样亲密。只是知情人说，李楠虽说喜欢水，还是一直不会游水，有几次掉水里都是大双奋力救起来的。李楠爱碎瓷片，大双为李楠从湖里捞出过多少碎瓷片，已经没法算了。然大双自己无所谓，这自然不关旁人啥事。倒是李楠做了老板后还是个有情有义的人，在大双儿子二俊初中毕业后再也读不成书的时候，伸出手，让二俊在自己的店里做事，每月给一千

六百块工资。

其实，二俊是个愣头青，人高马大然脑子转弯却总是慢那么半拍。这让大双一直提心吊胆，知道是李楠在有意帮他，觉得从小结交了这个削水片朋友，很值。听说二俊在店里总要犯点小错，这让大双心里窝得慌。

这日，李楠进了一批货，说是人家从海中的大船里捞出来的，难得的好货。李楠知道二俊手重，专门吩咐二俊不要碰货。忙了好一阵，李楠还是发现有一件原先摆在那里的好东西莫名其妙地碎了。店里就三人，他、老婆和二俊。他、老婆都挺小心，没失过手。不是二俊，会是谁呢？

二俊不认错，说自己没碰过那东西。李楠老婆就心里犯毛了，问二俊，那是我自己弄碎了赖你的？！

李楠忙打圆场，说碎就碎呗，你也没看见二俊碰过，他自然不会承认。

二俊心里不爽，第二天早上赖在床上不肯上班。大双见二俊赖床不上班知道二俊没好事，便来李楠店里打探。李楠老婆要说啥，李楠不让。越是不让，大双越是心里窝得慌，逼着李楠一定要说出瞒他的事来。李楠被逼没法，只能说了。大双心里自然过意不去，说，李楠，你说个价，我赔。

李楠说，啥赔不赔的，小孩子有点毛手毛脚很正常的，怪我没吩咐清楚，他还以为是平时不怎么值钱的新东西呢。大双听了，逼得紧，我赔，我一定得赔，得让二俊有个教训，有个记性。

李楠老婆在一边说，赔是我们李楠不会让二俊赔的。只是二俊老是在店里这么不小心，我们要亏死了，现在生意本来难做，看来要关门了。

李楠听老婆不阴不阳说话，火了，推她到一边说，我跟大双玩水的时候，还没有你呢，在我跟大双之间，没你说话的份。

大双铁着脸说，李楠，你当我朋友，你就说个价，你不说，是看不起我。推让了好久，李楠无奈，只能说，不瞒你大双说，要是其他东西我心里一定不会心疼，但这件东西，确实让我心疼。赔，你也赔不起。你实在过意不去的话，就意思意思。大双追问，到底多少？李楠说，五万，进价，真的，我有底，你意思意思给个小数，五千吧。大双回家取了钱，算把东西赔上。

李楠接了钱，说了一连串歉意话。说，这样吧，你这件东西也不要取走了，放我这里，我请人做成碎瓷古玩，帮你把钱再赚回来。

大双说，那怎么行呢?!便取走了瞒着老婆藏在衣柜里。只是这件事后，二俊犟牛劲犯了，死也不肯再去李楠店里上班。

过了一段时间，李楠还约大双去湖边削水片，两人玩得很开心。最开心是那天大双削水片赢了，而李楠在退水位的滩涂上又捡到了一些大双看不懂的宝贝。

又过了一段时间，镇上来了一位鉴宝专家，好些人都拿出自己密藏的宝贝让专家鉴定，结果是几家欢喜几家愁。

大双很想拿出自己藏在衣柜里的碎瓷片，让专家看看。但大双最终止住了自己，他生怕一旦专家说碎瓷片是假的，那他就真亏大了。亏了钱，还失去了自己从小到现在最要好的朋友，那就更亏了。

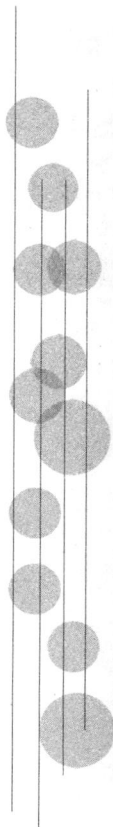

桥　墩

　　夏天的南菱港是陈墩镇大孩子们的天堂。

　　南菱港水面宽，水深又特别清。在南菱港里游泳，没有牵牵扯扯磕磕绊绊的，从桥墩上一跃而下，尽可以游个爽快淋漓。只是，这么宽的河港，这么深的水，没有一点好水性、没有一点胆气的孩子是不敢到这里来游泳的。

　　在所有到南菱港游泳的大孩子中，水性最好、胆气最大、身体最壮实的要数大双。大双是我们班上冯小双龙凤双胞胎的哥哥。大双的年龄跟我们几个初中生差不多，只是大双小学毕业后没有再念初中。他家孩子多，他爹供不起，就早早地让他在自家的白铁铺里学做白铁匠。白铁铺的生意不是太好，每天下午三点以后，他爹就让他出来游泳玩了。

　　大家都知道大双有两个绝技，一个是能够从二层楼那么高的桥面上一跃而下，再就是能够在水底下打一个很久很久的猛子。

　　镇上的大人们也都知道大双的水性好，只要自己的孩子出去游泳时说跟大双在一起也都放宽了心。大双呢，每回出来游泳，总忘不了照应别人。就说上桥墩吧，没有他相助，好些孩子很难上去。

　　桥墩是南菱港大桥的桥墩。南菱港大桥是座很大的桥，桥面长，桥身高，桥墩高大，桥墩边的水又深又急。孩子都喜欢像鸬鹚一样一个个蹲在桥墩上，歇够了再相继一个个跃入水中。有的大孩子觉得在下面的桥墩上跳水不过瘾，便像猴子一样顺着桥墩从一个个框架上爬上去，到了尽可能高的框架上再一个鲤鱼打挺翻身而下，那轻松入水的感觉真的很惬意。只是桥墩高大，离水面总有那么高的一段距离。大双人大，又壮实，只需在水里朝上一跃，一手攀住桥墩的边沿，一用力，便可跃上桥墩。只是所有的孩子没有大双这么壮实，攀桥墩就很吃力，即使攀住了桥墩，仍然没有力气跃上去。大双往往在大伙迟疑的时候，坐在桥墩上悠然地伸出一条腿，在水里的孩子们只消抱住他的腿，上下一用力，便可以爬上桥墩。这个时候，水里的孩子们，总觉得坐在桥墩上的大双，壮实得像一座桥墩似的。于是，有人给大双起了个"桥墩"的绰号。只是这"桥墩"有一个小秘密让孩子们不舒服，就是大双的腿像树皮一样毛糙，还有一腿茸茸的毛，抱上去，心里痒痒的不好受。抱了几回，大家都感到大双力大无比，有时，谁才抱住大双的腿，大双便用脚板勾住他的小屁股，一用力，像拔萝卜一样把他从水里拔出来了。所有的孩子轮番跳水，轮番上桥墩，大双坐在桥墩边，俨然成了大伙上桥墩的梯子。

有大双在，夏天的南菱港，孩子们更快活。

其实，大双跟我们在一起念小学时，功课很差，高头大马的他总像低人一截，很少跟我们说话。我们升上去读初中了，他没有，遇上也没有话说。他平时很少跟我们在一起玩，只有夏天游泳的时候。

读小学时，大双有个理想，就是当游泳池里的救生员。他曾悄悄地问过我，城里游泳池里的救生员是干啥的，他知道我是从城里转学过来的，估计我知道。其实我也不大知道，在城里时，我还不会游泳，我很随便地应付他，说也许是水里救人的吧。听说是水里救人的，大双似乎来了精神。我这才记得，大双曾经在水里救起过几个人，有老太，也有小孩，更有一起游泳时脚抽筋的孩子。学校里曾经表扬过他。

听人说救生员要能够从老高的地方一下子跳进水里，大双就在所有人的注目下，爬上南菱港桥高高的桥面，一下子跃入水里。有人说，救生员要能够在河底呆很长的时间，大双就让大伙瞧着，从南菱港岸的这边一个猛子钻到了河港的那边。陈墩镇没有游泳池，大双没有当成救生员。

到了我们读初二的那年冬天，下了雪，听大双跟他爹去乡下送货时，车子翻了，大双的一条腿压烂了，被锯掉了，但谁也没有看见，谁也不敢瞎传。

到了我们初中毕业的那年夏天，我在南菱港游泳时见到了他。当时我正迟疑着想爬上高高的桥墩时，突然有一根拐杖伸下来，我只抓住了拐杖，就好像被上面的人一用力给提了上来，一见，竟然是大双，他果真一条腿没了。我吃了一惊。没有了一条腿的大双，仍坐在桥墩上拉着孩子们，人愈发壮实。

有的时候，大双也下水游泳，从桥墩上一跃而下，追游远的队伍，

在水里，少了一条腿的大双，不差劲，常常在追赶中游到了队伍的最前面。

后来，教我们体育的汤老师听说了，自己找门路贴钱送大双到城里参加了一段时间的培训，结果他在省和全国的残疾人游泳比赛中，得了好几个冠军。

前些时候，我带孩子回陈墩镇，去镇上新开的天然游泳场游泳，竟然看见了大双。一条腿的他，脖子上挂着哨子，晒得乌黑发亮，高高地坐在救生员的瞭望椅上，全神贯注地注视着不远处的深水区，真的像一座壮实的桥墩。

不祥的老宅

秦始皇，其实名叫秦寺光，说是他老娘在兵荒马乱的逃难路上生他的时候，看见了寺庙的屋檐上泛着紫色的光亮，他娘就给他起了寺光的大名。其实，这个名字叫上去好像秦始皇，陈墩镇的人一直叫他秦始皇。也有口音重的人叫他秦死光，听的人就觉得他是个很不吉利的人。

秦寺光是1949年春暖花开的时候到陈墩镇的，脱下军装后就在中学当教师，教史地类文科。那时的中学校是寺庙改的。秦寺光就想，自己在寺庙里当先生，也许是冥冥中注定的。

秦寺光在学校单身员工宿舍里住了三年，第四年的时候，有人给他介绍了一个对象。当秦寺光和这个对象到了谈婚论嫁的时候，校长犯难了，学校里除了一些简陋的单身宿舍，没有其他房子可以给秦寺光结婚。秦寺光跟校长说，学校不是在镇上红木桥堍有一处偏厢房，里面只丢些破旧的桌椅。校长迟疑了半晌，反问，这房子你也敢要？秦寺光说，不就是一处凶宅么？校长倒吸了一口冷气，诡秘地说，这何止是一处凶宅？！秦寺光恳求道，给我吧，我不嫌。确实，当了好几年兵的秦寺光多次从战场的死人堆里爬来爬去，在这世界上没有比这更让人惧怕的。不久，秦寺光开始布置新房。新房布置好后，他的对象不愿跟他结婚了，理由只有一个，那就是她惧怕凶宅。秦寺光很无奈。他只能一个人住进凶宅。从此以后，秦寺光的婚事再也没人过问过，镇上所有的人看他时，总是用怪怪的眼神。秦寺光怪怪的名字、怪怪的脾气，让人觉得怪怪的。

又过了几年，学校里不让秦寺光教书了。不让秦寺光教书，是上面的意思，镇上人后来知道，原来秦寺光脱下解放军军装前一直是国民党兵，是被解放军俘虏后投诚的。俘虏兵秦寺光在学校里只能做些扫厕所之类的杂活。

在学校里，秦寺光一下子成了低人一等的坏分子。那个年代，学生都非常憎恨坏分子。秦寺光在学校里的日子很不舒心，唯有回到自己住的那偏厢房时，秦寺光才觉得仍然活在阳光雨露之下。那偏厢房是出了

名的凶宅，学生们都很胆小，没有人敢贸然闯入凶宅来扰秦寺光的生活。

偏厢房，其实是早先大户人家的书房，传说中的凶事有几个版本，都是挺恐怖的。这房成了凶宅后，被主人家用高高的围墙隔开了。单独的院子，单独的两层楼楼梯，单独的阳台，院子里有一眼水井，甘甜的，冬暖夏凉。秦寺光在院子里种了绿化，还种了些不爬藤的韭菜、毛豆和爬藤的扁豆、丝瓜、黄瓜。整个院子，花花绿绿上上下下琳琅满目。独身的秦寺光，若在家呆上一两个月，也不会渴死饿死。秦寺光喜欢安静地读读书，而这偏厢房里竟然丢着好多线装古书。秦寺光喜欢读书，是很早的事，当兵前在一家南货店学徒时，账房先生是本家曾做过私塾先生，秦寺光跟账房先生学了好多古文，还有算术。只是靠这些功底要啃懂这一大堆古书，还是不易的事。好在秦寺光有的是辰光，一进家就把自己丢在古书堆里，古书让他忘却了白日的不快。

如此十来年，秦寺光像一个准点的钟摆，早晨晃到学校，晚上晃到回家。回家以后，关了大门，秦寺光在大门内干啥，谁也不知道，谁也不敢去打探。后来，一个省里很大的干部，帮秦寺光写了一张证明，证明秦寺光投诚后表现很好还立过功。在部队里立过功，那应该是好人。成了好人的秦寺光重新走上了讲台，讲他的史地。历史地理是学校的副科，先前很少有学生对这两门课感兴趣。秦寺光上了史地课，喜欢这两门课的学生一下子多了起来。再后来，国家恢复大学招收考试，陈墩镇中学一下子考取了好多史地专业的名牌大学。

到了秦寺光六十岁退休那年，有个姓皇的五十五岁退休女教师寻上门来，执意要近距离接触秦寺光，住下来。秦寺光迟疑地对跟过来的皇老师说，我住的可是凶宅，当年就因为这个宅子，新娘子吓跑了。女老师说，我是学考古的，啥样阴森的古墓我没钻过？啥样恐怖的古尸，我没见过？你住了这么多年的宅子，有啥可惧怕的？秦寺光想想也是，整日跟古尸打交道的女人，不是一般的女人。秦寺光无奈地说，那你先住一段时间试试。一试，皇老师不肯走了，说，我要再好好看看你这个圈子里传得有点神秘的人。

其实，皇老师是从一些国家级专业杂志上署名秦寺光的论文开始关注他的。他扎实的古文功底、独到的学术观点、宽泛的知识界面，让孤高、单身的女老师很钦佩。第二年，两人正式结为伉俪。

至今，秦寺光和他的皇老师仍住在那所令所有陈墩镇人说来毛骨悚然的凶宅里。一个九十二岁，一个八十七岁，身子都很硬朗，两人看看古书，种种院子，日子过得安逸平静，从来没有一个人进去打搅过他们。

大辫子实习老师

　　周星读小学六年级的时候，跟离婚的娘回到外婆家在陈墩镇小学借读。周星是早产儿，出生时，瘦弱得连接生的医生都不敢用劲给他擦拭。伴着周星一天天长大的是苦中药、葡萄糖盐水和娘的泪水。

　　周星在陈墩镇小学读了一个礼拜后，教数学的班主任欧老师回家生小宝宝。接欧老师的是新来的实习老师。校长事先告诉他们，实习老师是即将毕业的省立师范的师范生，姓卢。

　　卢老师来的那天，校长在班级里挑了几个大个子去轮船码头接。临放学时，接轮船的同学们扛着卢老师的行李回来了。

　　卢老师很年轻，梳着条大辫子，脸蛋白白的，一说话就红彤彤的。

　　没想到，卢老师头一回上课就出了事。上课前是广播体操，周星体弱鼻子老出血，平时不用做操，新来的卢老师不知道。周星很想做操，卢老师看见没吱声，周星挺得意。不料想，才做了几节操，周星那鼻血就涌出来了，很怕人。卢老师把身边所有能够擦血塞鼻子的软纸全用上了，还是没能帮周星止住鼻血。卢老师慌了，情急中，速速让几个大同学搀扶周星去自己的宿舍。

　　进了卢老师的宿舍，卢老师让几个同学把周星扶上自己的小床让他平躺着。找棉絮、找毛巾、找水，为周星擦血、止鼻血，还用凉毛巾为他捂鼻子。折腾了好久，周星的鼻血才好不容易止住。周星脸色惨白，头晕得厉害。可周星是个要强的男孩，他强忍着自己的不适，忽闪着眼睛，冲忙碌的老师直笑。卢老师估计没事了，就让周星再躺一会，自己这才匆匆去课堂上课。

　　出了这么多的血，周星觉得很疲惫，身子里好像被抽掉什么似的，一点劲也没有，平躺在老师软软的小床上，一下子就睡着了。

　　周星醒来时，四周很静，只有上课的声音远远传来。周星感到很新

奇，似乎到了一个完全陌生的环境。纸糊的窗户玻璃透进柔柔的阳光，把老师的房间映得亮亮的。最神奇的是周星闻到了一阵阵特别好闻的香气。那香气很柔，淡淡的。一阵阵，把周星撩醒。周星小小的鼻翼夸张地抽动着，尽可能在自己残存的血腥里捕捉周围的香气。后来，周星终于找到了那香气的源头，竟然是自己睡着的卢老师的枕头，那枕头大大的，柔柔的，香香的。周星禁不住用并不通畅的鼻腔在枕头上贪婪地嗅着，那香气让周星陶醉，他觉得这是世界上最好闻的香气。只是，自己鼻血已经把卢老师好看的枕巾和枕套弄脏了，那污血已经干结了。这让周星浑身不安起来，偷偷离开卢老师的宿舍，悄悄地在课堂门口的石条上坐着。正在上课的卢老师无意中看见了他，走出课堂，蹲下身子问他，好点了吗？周星歉意地点点头。就在卢老师蹲下身子的瞬间，周星隐约闻到了卢老师发间飘散出来的淡淡的柔柔的香味，跟老师枕头上的香味是一样的。

卢老师说："石头上很凉，进课堂吧。"周星在所有同学静静的注视下走进了课堂，因为有卢老师的一只手在他的后背上轻轻地推着，周星心底感到了从未有过的温暖。

卢老师枕头香气的秘密，一直深藏在周星的心里，同时对弄脏卢老师枕头的歉意也一直纠结着周星。周星没有告诉任何人，其实他也不知道怎么跟别人说。有一回，他跟娘一起去供销社买盐拷酱油，他突然发现了货架上的香皂，兴冲冲地跟娘说："妈，你买块香皂吧，洗头很香的。"在周星的印象里，娘的头发从来没有香过，不是油锅味就是汗酸味。娘听了，不解地问："你说啥？"周星兴致勃勃地说："我们卢老师的头发很香。"娘恼了，斥责周星："你小小年纪，不好好读书，管老师的头发香不香的。"娘很严肃，周星知道自己说了不该说的话，心里更加纠结。

为了了却这个纠结，周星准备赔卢老师一条枕头毛巾。周星看过，供销社里有，两块一毛八分。周星只有外公给的一块钱压岁钱，还有一块多，让周星费尽心思。他把外公的小酒瓶藏起来，她把外婆的甲鱼壳、鸡黄皮藏起来，卖了钱攒着。他还去小树丛里捡蝉蛹壳卖钱。好不容易攒够了钱买了枕头毛巾，周星却病了，一病病了好几天，天天高烧不退。

当周星退了高烧再回学校时，卢老师却实习期满走了。听同学们一说，周星两眼茫然。这天放学，生了小宝宝再来做班主任的欧老师，把他叫住，提给他一小包红衣小花生。欧老师说："这是卢老师专门托人捎来的，让你娘连着花生衣一起煮水喝，可治出鼻血。"拿着花生，周星愣愣的，心里更不是滋味。

过了好些年，周星了却了自己的一个愿望，像卢老师一样考上了师范大学，学了数学，毕业后还留校当了老师。只是周星一直没能遇上时时牵挂的卢老师，那块想赔给卢老师的枕头毛巾，只能一直珍藏着。

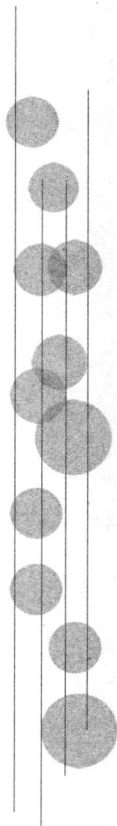

新皮鞋，旧皮鞋

　　谁都知道，陈墩镇中学教高中物理的柳老师，曾经有过一位既年轻又漂亮的妻子，她还是他以前教过的学生，只是早些年，他通过其他学生的关系把她送到了深圳。几年后，她曾回来过让他改行同去深圳，但他放不下自己痴心热爱的专业，说啥都不肯去，于是作为学生、妻子的她义无反顾地跟他说了拜拜。

　　拜拜后的他，一直独身，也曾经有好心人为他牵线搭桥物色过一位丧夫带着一个小男孩的女人，但最终还是人家嫌他吝啬没成功。虽说他的工资是全校最高的，然人家女的通过介绍人要的不多的几样金银首饰，他说什么也不答应，不只不答应，还说人家俗气，其实人家女的也老大不小了，跟你结婚图的就是实惠，开口要首饰就是试你对她好不好。但柳老师却坚持自己的想法。

　　那回没成功，名声也就传出去了，柳老师再婚的希望越来越渺茫了。然不管怎么说，作为一名教师，他还是非常出色的。就在他五十五岁那年，他终于以出色的教学成就获得了"省劳动模范"的称号，并参加了省劳模代表大会，第一次坐着软卧火车回城。可就在那次行将下火车的时候，他惊讶地发现自己的一只崭新的棕色皮鞋丢了，一下子，他变得很沮丧，幸好他在火车上找到了一只尺码相同样子差不多只是黑颜色的旧皮鞋，料想是哪位马大哈下车时穿错了他的皮鞋，于是只能对付着穿上那只旧皮鞋快快地下了火车，要不他就得光着一只脚回镇上。

　　第二天，柳老师就穿着这双异样的皮鞋进了课堂，学生们一下子发现了这双怪皮鞋，轰的一声，全都站起来吃吃笑着瞧西洋镜一般。

　　柳老师分两次将那异样的皮鞋抬起来给他的同学们看，一边抬还一边不无忧伤地跟学生们说："我的那只新皮鞋在火车上丢了，再也找不回来了！"看着老师伤心的样子，学生们也就不笑了。

从此，柳老师这双怪模怪样的皮鞋也就出现在全体师生的眼皮底下，开初，谁见了都会吃吃地笑。只是柳老师常常穿，大家也渐渐地习以为常了，以至于有的时候突然没穿这双异样的皮鞋，大家反倒觉得有点异样的感觉。

不知不觉，一年多过去了，那只黑色的旧皮鞋更旧了，以至于终于有一天它的后跟掉了，鞋帮也开裂了，再也不能穿了。

也就在那时，从来不生病的柳老师上课时突然头晕得受不住，被送进了医院，一检查说是里面生了个东西非得马上动手术不可。

手术前，镇上、学校里的领导来看他，看着躺在病床上有点迷糊的他，再想想他大半辈子的成就，很是感动。镇领导握着柳老师的手亲切地探问："柳老师，你放心，我们一定会请最好的医生为你做手术的。你有什么要求尽管提出来，我们平时对你太不关心了。"

半晌，柳老师睁大眼睛，喃喃地说："请领导帮我配一只棕色的皮鞋，我上课要穿的。"

镇领导愣住了。

校长接过话说："你放心吧，我亲自去办，一定让你上课时穿上！"

知情人都说：那双皮鞋是他前妻从深圳带过来给他的，他在病中还割舍不下啊。

铁 哥 们

　　容易师范毕业后到陈墩镇当了一名小学老师，任教高年级数学。容易到了陈墩镇后，人生地不熟的，常常窝在校园里，吃住在校园，自然跟校外的一切很是陌生。只是半年后，人家给他介绍了个对象，相对象时，无处可去，便去镇电影院看看电影。可头回看电影，便遇上小流氓寻衅闹事。先是有顽皮的学生指认容易，告诉别人，相对象的是他们老师，接着便有人起哄，贼眼溜溜的，嘘声四起。才待容易他俩坐停当，便有几个流气的十七八岁的小男子在他们身后嗑了瓜子壳朝他们领口吐，容易原本想忍耐，但那几个流气的小男子愈发肆无忌惮，容易实在忍无可忍，腾地站起，铁板着脸冲他们直吼：干啥?!

　　流气的小男子愈发得意，唷唷叫着，瓜子壳迎面吐来。

　　容易终于用足全身力气，推了对面那个一个趔趄，道是你们几个找死呀？我可是小炮山最铁最铁的铁哥们，惹急了我，我也要喊人的。

　　那几个流气的小男子半信半疑地问，不会吧，好像没听说过。

　　容易说不信你们等着我去叫小炮山来。

　　别别，那几个流气的小男子赶忙叫停，说是得罪了，小炮山的铁哥们，我们是不会惹的，只是以后用得着的地方吩咐一声就是，那几个流气的小男子说着，鱼贯着朝一边去了。

　　其实，容易根本就不认识小炮山，只是听几个顽皮的学生说起，镇上的小炮山是最蛮横的主。没想到，一说是小炮山的铁哥们，这些流气的小男子们竟放过了他。

　　几天后的一个傍晚，家访回校的容易被一个瘦弱的小男子拦住，模样也就十八九岁光景吧。小男子问，你是小学里的容易?! 容易说，我是容易！瘦小男子问，你是小炮山的铁哥们?! 容易平静地说，那是哄人的。瘦小男子问，我是谁，你知道吗?! 容易说，我不认识。瘦小男子

说，我就是小炮山。容易说，不好意思，冒犯你了。小炮山说，哪里的话，是你给足了我面子，我得好好谢谢你，我读了三年级，没有一个老师讲过我的好话。今天我可是有大事求你，想请你帮我写首情诗，越有情越好！帮帮我吧，求你了，我请你喝酒。容易说，我原本欠了你的，就算还你吧。于是当场把一首非常经典的外国情诗改了一下词写下来给了小炮山，小炮山拿到情诗，高兴得不知如何是好，非要请容易喝酒不可，但容易死也不肯赏脸。

又几天，校长说是有事，找容易，诧异地问，你跟小炮山是铁哥们?! 容易摇头，说没有的事。校长说，没事就好，这小炮山万万不可交往，他是一个恶魔，在我们学校念了三年书就流到社会上了，别看他人个儿瘦小，用刀捅人，从来都是两眼不眨一下的，已经因捅人而少年劳教几次了。在这镇上，谁都怕惹他。与此同时，容易的对象也来跟他吹，容易说这是我诓他们的，你也知道的，容易相的对象说，我爸妈可怕惹着小炮山他们，一惹他们就不会有安稳日子过的。于是，容易无奈地跟对象吹了，伤心了好半年。

后来，小炮山又一次找容易，容易说我们已经两清了。小炮山说，我是真心实意地想跟你做个铁哥们，我念书太少，我打心眼里是崇拜老师的。但容易的冷淡，使小炮山怏怏地走了。

半年后，小炮山终因又一次用刀捅了人，并把人捅死而坐了牢，最终又被判了极刑。临刑前，有记者采访了小炮山，采访时，小炮山跟记者说，其实，我是一个很自卑的人，很小的时候父母就离异了，个儿又长得小，读书又读不进去，所有的人，都看不起我。母亲嫌我是个累赘，老师怪我是个祸秧子，小伙伴们老是欺负我，于是就是一丁点的小事我都豁出去跟人家拼命，用刀子捅人是我的绝招，一捅一个准，捅得在这镇上没人不怕我的，而我又没到法定年龄，又判不了我的刑。只有小学里有个老师，他不轻视我，把我当铁哥们，他还帮我写了一首好情诗，可是他因为我，对象吹了，知道他那么伤心我觉得心里很亏他的，也是我这世欠人家最大的情。我没啥其他本事，捅个人原本想还他这笔人情，没想到原来也只想捅人一下给他们留个教训，不料想竟然捅准了要害，要了人家的性命。

让容易万分吃惊的是，这小炮山竟然把他已经分手对象新处的男朋友给捅死了。

校工阮山

阮山那晚做了个梦，梦见自己突然间剪了无数的剪纸，之后又梦见自己瞬息之间把这些剪纸贴满了陈墩镇每家每户的门窗，火红一片，神助一般。阮山做这梦自己也觉得有点幼稚可笑。阮山人称"剪纸阮"，其实他并不是从小就喜欢剪纸的，只是自从做了陈墩镇中学校的门卫后，才跟他母亲学的，为的是打发日复一日漫漫的长夜。

阮山的父亲当校长之前是南下部队的文化教员。陈墩镇上上了年纪的老年人还能叙说当年阮山的母亲初到陈墩镇时的情景。大辫子，穿着碎花土布的棉袄，挎着个小布兜，羞羞地跟在阮校长的几步之后，一对大鞋，在老街矮阒门后一双双惊异的目光注视下，踩着陈墩镇老街的石板街，从轮船码头穿过老镇走进中学校的大门。中学校是文昌寺改的，大院子是教室，小院子是教师员工宿舍。阮山的母亲来了之后，给小院子里的每个窗户都剪了窗花贴了，红红的，一片喜气。可如今，阮山的母亲早已步履蹒跚。

阮山做上陈墩镇中学传达室的门卫，这已经是几十年以后的事了。身患绝症到了弥留时刻的阮校长，躺在病床上，眼中一片无奈与茫然。那年，阮山的父亲还没有到该离休的年龄。

阮山顶替父亲，做了学校的门卫。那时的阮山，下身畸形，完全是个重残人。阮山致残，其实是在六六年的秋天。两帮血性的年轻人，拿了家伙集结。一帮护着自己的校长，为的是要护学校里原有的石碑、泥塑、钟鼓等寺庙里存下来的物件，另一帮则要砸碎那些寺庙里迷信的器物。最后的结局便是阮山为了护着父亲被人从山墙上推了下来，摔下山墙的阮山伤的是脊椎，且伤得很重，自那之后便只能坐轮椅了。

阮山做门卫是本心的，学校里的钟，是原先寺庙里的钟，镇上每每听到钟声的人都感到很惊奇，那钟铿然轰响，久久回荡，远不像一个重残人的所为。钟声是快活的，像阮山的心情。确实，每回敲钟时，阮山心里总在想，只有钟声才能到达校园里甚至镇上他不能到达的每个角角落落。

门卫阮山后来被人叫做"剪纸阮"，这其实已经是后来的事了。这些年当中，跟阮山一起做门卫的，还有阮山的母亲，母子俩的，互相照应着。阮山的母亲一手剪纸的绝技，也就在这些年当中，渐渐地传给了阮山。原先只是闲了消遣，却不料这阮山也是个聪明人，这剪纸技艺到他手里，便翻了好多的花样。渐渐地，剪刀翻飞之间，那纸中的人、兽、云、花、草，虚虚实实，咋看咋觉得好看。

阮山剪纸，开始只为学校里老师、学生家里办喜事、逢年过节时剪，剪些喜字呀寿桃呀祥云呀松鹤呀，送他们。后来有学生考取大学，阮山便剪些鸿雁呀高山远水呀，送他们。再后来，镇上文化站的干部要觅些民间艺术品送出去参赛，让阮山剪了一些。阮山花心思剪了几张大的剪纸，依次把陈墩镇的诸景诸物剪了上去，实的是各式的老房子老桥，虚的是镇中间弯弯曲曲的小河，配上些人物，倒像是幅全新的《清明上河图》，结果一送出去便被人家专家看好了，专家说他剪法熟稔，意境也好，结果在省里得了个金奖。这时，镇上、学校里便有人把阮山叫做"剪纸阮"，这可能照"泥人张"的叫法。

做那奇怪梦的那天正是阮山六十岁的生日。过了生日，阮山便自己开始感觉到浑身不自在了。开学前一天，学校的人事助理罗老师拎了些慰问品，走进了阮山的老传达室，看母子俩默默地剪着纸，坐了一会，未说一句话，放下慰问品走了。

罗老师走后，阮山跟母亲说，几十年了，学校多好，真的舍不得呀。

一直到开学的那天早上，早到学校的老师和学生，看着眼前的校园惊呆了。细瞧，窗户上、门上，贴了好多的剪纸，校园里的矮树上、过道上、草坪上，铺着好多展开的剪纸，剪纸的图纸各种各样，有喜庆的，有吉祥的，有勉志的，一片火红，像是神助一般。

罗老师回过神来，急急去旧传达室，只见那小屋除了公家的物件收拾得干干净净、整整齐齐外，"剪纸阮"母子已人去屋空。

其实，看着阮山母子一直把学校当着家一般，罗老师几次都开不了口。

女 儿 锁

"钥匙灵"是陈墩镇上的锁匠铺子。锁匠姓林，镇上人都管他叫钥匙灵。

姗妹是钥匙灵的女儿。钥匙灵是个怪人，姗妹十二岁那年，钥匙灵便再也不让女儿上学读书了，拉在身边让她学手艺。姗妹不愿意，钥匙灵便把女儿反锁在铺子里，说，你要出去读书，自然可以，只是你啥辰光自己能把这把锁打开了，我就让你去学校读书。

姗妹便想这有啥难的，然当姗妹把铺子里所有的钥匙都试了一遍以后就失望了。

后来，钥匙灵从姗妹的头上取下一只普通的发卡，拉直了，只在锁眼里拨弄了不长一阵子，那锁便魔幻般自己打开了。

钥匙灵对姗妹说，囡呀，人活着是要吃饭的，你把爹的这套手艺学会了，保你这辈子不会饿着、冻着。

姗妹，天资聪颖、悟性极高，学艺两年后，也能像她爹一样用一只普通的发卡把一些常见的锁轻而易举地捅开，还常自己琢磨一些新锁的开法。

陈墩镇上没有他们父女开不了的锁。在那些请求上门开锁的活儿当中，镇中学有个姓柯的老师最忙，常常心急火燎地打电话过来，说是钥匙弄丢了，又进不了门了，而他家又高居六楼，对患有腿疾的钥匙灵来说自然只有让姗妹过去，只是一去就是老长时间，闹得钥匙灵心里郁闷。一回两回，钥匙灵没吱声，次数多了，钥匙灵自然也就忍不住埋怨了。姗妹每回都是那么一句话，又不是人家不给钱。

钥匙灵不满女儿的做法，每回都要唠叨几句，说你也用不着去那么长辰光的，别人家的急生意都在等着。

姗妹自然也不屑于爹的唠叨，有点漫不经心地回爹的话，说，谁让那锁怪怪的，挺难开的，不信，以后你自己跑去帮人家开。

钥匙灵便说，你翅膀长硬了?!

父女俩平时不拌嘴，每次柯老师叫去开锁后，总要拌一回嘴舌。

辰光久了，钥匙灵也大体知道柯老师的一些情况。柯老师四十来岁，是从邻县乡下考大学考出来的，娶了个同学一起分配在陈墩镇中学做老师。开初的小日子过得舒坦，只是有一回柯老师妻子去乡下家访时，遇上了车祸，成了植物人，好多年了，一直不声不响在家里躺着。柯老师每年教的都是高三毕业班物理，学校家里两头忙，一下课便要朝家里奔，伺候躺着的妻子。

知道了柯老师的事情后，钥匙灵便开始防着女儿姗妹再往柯老师那边去，铺子里电话一响，钥匙灵总是抢着先接，为了接电话方便，钥匙灵干脆把电话机放在做活手边的桌子上。

日子一晃而过，姗妹已经过了廿八，还没嫁人。姗妹其实长得还算标致，水灵灵的。从姗妹十七八岁开始，镇上就有好几家体面的人家托人过来说媒。开初，钥匙灵不舍得女儿过早嫁人，挺着不允人家。后来开始想帮女儿选个好一点的人家，姗妹自己又不肯松口，也挺着。

到了这时，钥匙灵心里倒开始急了，可他急女儿不急。就这样，父女俩在铺子里拌嘴舌的辰光比以前多了。

这日，姗妹接了个上门开锁去，正巧柯老师又心急火燎地打电话来求援，钥匙灵冷冷地说，我们这里没有人手。柯老师说，那您老能不能亲自帮我跑一次么，求求您了，时间可不能耽搁呀，我还有课呢!

柯老师只求了一回，钥匙灵便决计自己动身上门了，他倒不是经不起人家的求，而是想趁女儿不在的机会，上门去看看柯老师门上的那把锁究竟有多么难开，钥匙灵清楚这么多年的磨练，女儿的开锁技艺已经不在他之下了。

上六楼对患有腿关节损伤和骨刺的钥匙灵来说是非常艰辛的，每爬一级，都是一阵阵钻心的疼痛，钥匙灵只能挺着。好不容易爬上了六楼，钥匙灵已经是大汗淋漓。

为防备怪锁打不开，砸他钥匙灵一世名气，钥匙灵临走前随身携带了所有的开锁工具。没料想，钥匙灵几乎没用什么特殊工具便把那门锁捅开了。

钥匙灵愣住了，他这才明白，女儿一直在跟他使小心眼。

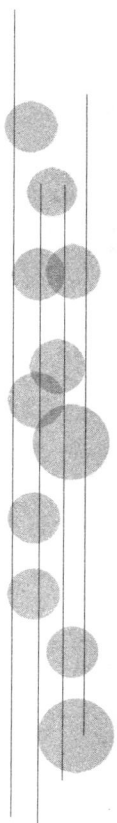

又过了几年，姗妹终于跟她爹摊牌了。柯老师的妻子过世后，姗妹执意要嫁给孤身的柯老师。啥都好，就是一差差了十多岁，钥匙灵的艮脾气又上来了，说啥也不同意。姗妹也倔，取出一把很普通的锁说，你能把这把锁打开，我就永远听你的。

钥匙灵想，女儿还是让步了，开一把普通的锁，当然不在话下。可钥匙灵真的摆弄起这锁来，却蒙了，这锁简单得几乎无从入手。摆弄了好几天，仍毫无收获。

姗妹乐了，只取出个小卡片轻轻一晃，那锁便自己打开了。钥匙灵没想到，那竟然是一把电子锁。他更没想到这是女儿跟那个教物理的柯老师一起琢磨了好多年才做出来的新一代电子锁。没办法，君子一言驷马难追。钥匙灵让步了。姗妹终于和自己心仪的柯老师走到了一起。

结了婚的姗妹，做出了一个令陈墩镇所有人诧异的决定：背着书包，去柯老师所在的中学当了一名旁读生。

书　签

　　卞老师是早先到陈墩镇教书的老先生，中学高级教师，擅长古文，颇有名气。

　　陈墩镇是个水镇，原先到镇上只能走水路，即使到县城，来回都得两天。卞老师是省城人，卞师母也是省城人。只是卞老师到陈墩镇后，卞师母只来过一回，来回光轮船就坐了整整两天，还不算汽车火车。卞师母被船舱里浓重的桐油味熏着，晕了整整两天，发誓这辈子再也不来了，后来通了汽车也没来过。卞老师在陈墩镇呆了四十年，除了每月准时把说好的钱汇回家，还在寒暑假回城住上一段日子。

　　退休之后，卞老师去了省城，然家里唠叨的老妻、局促的住房、陌生的邻里、无语的儿子，再加整日无所事事，顿觉得度日如年。只住了一个多月，卞老师便固执地回了陈墩镇。他牵挂他的书。

　　卞先生嗜书如命，几十年省吃俭用收藏了满满一屋子的书，这是他的心肝宝贝。

　　卞老师重回陈墩镇后，每日伏在旧书堆里，日子过得仍然有滋有味。只是七十九岁那年，不小心摔了一跤，住了一段医院。校领导怕他再有个三长两短不好交代，便跟他家人沟通了几次，也跟他推心置腹地谈了几次。无奈中，卞老师只好依依不舍地离开了陈墩镇。只是几十箱书，沉沉的，叫了辆厢式车，夜里进了小区，给搬运工付了双倍工钱，才搬回家，惹得家人连声责难。

　　家里就那么几间屋子哪容得下这么多书籍。书箱堆在楼下过道里，立马招来同楼人的不满。老妻埋怨，让儿子卞行简送废品站。

　　卞老师顿时有了一种带着私生子寄人篱下的感觉，喃喃地说，送废品站可以，只是你们不要把书里的书签一起送了，在你们眼里，书可能一文不值，可书签绝对不会一文不值的。

　　行简听了老爹的话，随手拆了一个书箱，捡了一本，只轻轻一抖，几张钞票飘落下来。票面不大，有一分的，也有十元二十元的。行简又取了几本，竟然也抖出一些，这就是老爹说的书签。卞师母一看，说，怪不得老是说没钱，你都把钱当书签了。

　　书里有钞票书签，自然不能再堆在楼道里，更不能送废品站了，行简连夜叫人把书全搬上了楼，把本来不大的客厅堆得满满的，连脚也不知往哪伸。全家都犯难了。

　　卞老师对行简说，要不，这样行不？我拿钱，你去买一些书架，挨着墙放，也不会占更多的地盘。你以后有空过来帮我把书码在架上。书里的书签，归你。

　　第二天，儿子行简就叫人把书柜送来了，把住房四周腾空，正好围了一圈。第三天一早又过来整理书，喜滋滋地把抖落出来的钞票拿了，还随手把一些小票给了一边的老娘。只是老爹只让他整理了不多的一些就打住了。又过了几天，行简过来，又整理了一些，得了一些书签。

　　卞老师的书大多是旧书，有好多是线装木刻版的，也有一些早期的影印本。可能是书的年代太久远了，使得房间里整日散发出旧书特有的浓重的怪味。而卞先生只要一坐进这种怪味中，人就来精神，思路也敏捷，全然不像八十来岁的老人。

　　书籍重新摆放安稳后，卞老师便每日把自己关在房里。卞先生跟一般的人不同的就是把浮华世界上被人看得很重的金钱、享受啥的，一律看得很淡。

　　先前，卞老师的所作所为，一向跟家里人格格不入。卞师母读书不多，对书没感觉。行简呢，初中毕业就下了乡，看见书就头疼，不要说是古书了。行简却是精明人，回城后当了工人，收入不高，为赚钱，他停薪留职贩过粮票、换过国库券、炒过股票，结果炒股票亏了，只能弄个小门面赚些房租贴补家用，平时没事就搓搓麻将打发日子。老爹带书回家后，好像收了他的心，整理旧书，拿些做书签的小钱，聚少成多。日子久了，他也不再与脾气古怪的老爹格格不入了，时不时陪老爹说几句话。

　　卞老师很怪，每次只让儿子整理很少书。这让整理书的过程拉得很长。时间长了，行简发现了其中的蹊跷。他曾在其中几本已经整理过的书上做过标记，结果，过了一段时间，这些书里又能抖落出新的书签，

有时竟是百元大钞，魔书一般。

有一回，卞行简跟几个同学聚会，他拿出平时用手机偷偷拍的老爹旧书的封面照片。

一同学反复看了说，行简，你好傻呀，你老爹给你搬回了一座金山呀。他是搞收藏的。

另一个同学仔细看了那些照片说，其实，何止一座金山。他是省博物馆搞古籍研究的。

卞行简听俩同学这一说，惊得两眼都直了。他想，他真的很傻，他一直只看到那些书签。

其实，也幸亏了卞老师的那些书签。

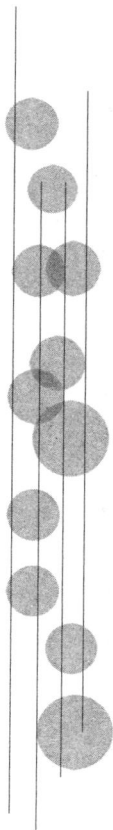

校工田楠

田楠是陈墩镇中学的校工。她爹是校工，她 18 岁那年，她爹提前病退回家，让她顶替端起了这校工的铁饭碗。其实，她爷爷就是老校工，1946 年中学堂筹办时，乡绅们看她爷爷做人实在，力举他做校工。她爷爷告诉她，他当那校工，管一个中学堂近百号人的吃喝拉撒，顶半个校长。田楠的名字还是跟她爷爷关系很铁的老校长起的。只是有点男孩味。

田楠，没多少女人相，大手大脚，黑脸盘，冲鼻孔，若是扯着嗓子在学校大院子里一喊，全校每个旮旯都能听见她的响亮的声音。

校工世家出生的田楠，知道校工的本分，她做校工只管两桩事，敲钟、印考卷。田楠敲钟，敲了十来年，从来没有一次差错，只是后来田楠好不容易大了肚子回家养小囡、上下课的钟常常被人敲错的时候，校长老师们才惦记起她这个不起眼的校工。平时，田楠老是蹲在学校厕所边一个黑乎乎的偏屋里印全校每个年级各个学科不同说法的考卷。那些年，校长逼着老师上成绩，老师们就催着田楠印考卷，白天来不及，晚上赶。忙着印考卷的田楠，上班时很少出现在师生们的视线里，偶尔厕所门口撞见，总让人唏嘘不已，不是衣衫不整，就是满脸满手的油墨。

到了田楠四十岁那年，养了小囡回来上班后的田楠没钟敲了。学校的钟，改成了电子钟，一个学电脑的老师，把钟和电脑连起来，编了个啥程序，到了辰光，学校的钟就自动响起来，也不会出错。到了田楠四十一岁那年，田楠没考卷印了，卷子都是上面统一印好发下来的，连答案都是统一的。没有钟敲、没有考卷印的田楠整天在校园里游荡着，有点无聊。无聊的田楠常常无事生非，闹得校长心堵。最让校长心里堵得慌的是田楠跟学校保洁工闹出了矛盾。几个保洁工，都是有脸面的头头脑脑介绍过来的，懒是稍微懒些，校长不说，谁也不愿说。没事做的田楠看不惯，每日一早到学校里头一件事就是拿了扫帚扫操场，还把散落在各个角落的塑料瓶、纸头纸脑通通收拢起来。这就惹恼了几个保洁工，明眼人晓得，这是抢她们的外快。她们合起伙来跟她吵、跟她闹。谁料想，田楠天生一副天不怕地不怕的男人脾气，要是骂人打架，谁都不是她的对手。闹到临了，所有的保洁工都见她怕，不上班，时不时请几天病假，赖在家拿工资。

做着保洁工的田楠又是整日忙碌，不是衣衫不整，就是满脸汗水。陈墩镇乡下原本还有一所带帽子中学，后来这所学校撤并了，镇中学的学生就比原来多了。现在的中学生大多是独生子女，乡下来的也都金贵，口渴了买些饮料喝是常有的事。就这样，校园里空饮料瓶丢得到处是，这就忙坏了田楠。一天到晚，田楠追着学生的屁股捡空饮料瓶。每天下班，田楠的小QQ车上总是堆满空饮料瓶。送废瓶去回收站，田楠总跟人家斤斤计较，点瓶数，讲价钱，每天总弄得很晚才回到家，常常比毕业班补课老师回家都晚。

乡下学校撤并后，学生的接送成了一些人赚钱的门道，只是那些揽活的车又是旧又是破，不是抛锚就是晚点。有一回，一部车子翻了，伤了好几个学生，有两个送到了县医院。医院需要交押金，急得校长团团转。田楠开着小QQ来了，一下子交了两万，说是卖废饮料瓶的钱。别人这才知道，为啥抢做保洁工也会大吵特吵。

出了事，交警过来查，不让这些破车接学生。校长几次跑镇上，申请学校自己买车，只是申请得一步步来，买车的事一时定不下来。

田楠跟校长说，这事你别管，我来。田楠请了半年假，再上班时开来了部全新的校车，三十多座的，国家规定的那种。她的B照也升到了A照。新校车朝校门口一停，那些赚学生钱的车主都傻眼了。田楠的校车接学生是免费的，镇政府为学生买单。那些家伙急了，用破车围住新车，跟她较劲。

田楠二话没说，操起电话就报警。警察没到，那些破车全溜了。

田楠一转眼成了校车司机，每天比谁都起得早、回得晚，接学生们上学，还得送学生们回家。晓得的人去跟校长说，这傻乎乎的田楠为买校车，把自己住的房子也卖了，带着小孩和老公挤住到了她爷爷的老屋里。

田楠九十几岁的爷爷，自然晓得孙女的一贯做派，孙女来老屋扰他他竟然乐了，说，我们老田家三代受学堂里校长老师的恩惠，自该有所作为，想当年我做校工，管一个中学堂近百号人的吃喝拉撒，等于做了半个校长。

一件呢大衣

在陈墩镇上，谁都知道，镇中学教物理很有名气的柳老师原先是有妻子的。柳老师的妻子很年轻，是他早先教过的学生。只是后来柳老师托自己一个非常信任的学生在刚开发的深圳帮妻子找到了一份很好的工作，谋得了一个很好的发展前途。妻子在深圳站住了脚，也为柳老师找好一个谋生立足的好去处，专门回了一趟陈墩镇，央他辞了职一起去深圳。柳老师不愿放弃自己钟爱的事业，自然不肯辞职。妻子无奈，含泪跟他喝了协议酒，离他而去。

妻子走后，柳老师一直独自一人生活着，有点孤单，尤其是逢年过节的，一直是一个人在校园里转悠，形影孤单。唯一给柳老师安慰的便是一批批从他手上毕业后走上社会的学生。好些学生知道柳老师的孤单，常常牵挂着他。

有个学生专门把自己的表姐介绍给了他。学生的表姐姓周，以前中专毕业后分配在北方工作，一直没有找到合适对象。通了一段时间的书信，恰逢寒假，学生便安排自己的表姐来陈墩镇，想跟柳老师相处一段时间，更好地沟通一下。

学校里知道了这事，也挺支持的，专门在教工宿舍区给柳老师相的对象腾出了一间空房，让她住了下来。

为此，柳老师讨教了一些老师。其他老师跟他说，对象过来后，你得主动表示表示。表示啥呢，柳老师心里没数。柳老师是个实在的人，小周过来的头一天，就跟小周说，我要买样东西给你表示一下我的心意，你看送你啥好？小周说，我啥都不缺，你不用破费了。柳老师说，这是其他老师说的，第一次见面总得表示一下心意。小周说，你实在要送，那就来点实惠的，北方冷，我原本想在南方买件呢大衣，听说南方的呢大衣比北方的款式好。柳老师说，这好办，我有一个学生在这陈墩镇上做呢大衣是做出名的。他做呢大衣的手艺是专门到上海拜人家有名气的师傅学的。镇上好多人都请他做，生意特别忙。

小周说，他这么忙，能不能在我走前拿到呢？

柳老师说，让他赶赶，估计是没问题的。其实，这做裁缝的学生，还是柳老师从高一一直带到高三毕业的。这学生原本家里条件差，学杂费一直不能按时交上，常常是柳老师不声不响地帮他交了。后来，这学生毕业后一直没有工作，想去上海学手艺又没有钱。结果，那去上海学裁缝的盘缠还是柳老师给的。这个学生人前人后一直把柳老师称作自己的恩师。

柳老师和小周专门去了一趟县城，买了一块黑色的呢料，送到裁缝学生的店里。学生的生意很忙，衣料堆得小山一样。裁缝学生一边给小周量尺寸一边跟柳老师说，我一定在阿姨走之前赶出来。

小周在教工宿舍一住住了十来天。与柳老师相处了这么多天，小周觉得柳老师人虽说有些呆板固执然为人还是很实在的。

一晃十几天过去，小周也准备动身回北方了。临走的前一天，柳老师陪小周去裁缝学生那里取新做的呢大衣。那学生固然说到做到，把小周的呢大衣赶了出来。小周当场试了试，款式和做工还是挺满意的，便取了回来。

到了晚上，小周捧着新做的大衣过来，跟柳老师说，新大衣的呢料好像是换过了，颜色和粗细跟他们当时买的料稍微有些不同。

柳老师一听，非常恼火，脸一板说，不可能，绝对不可能的！

小周听他这么一说，心里觉得不是滋味，便说，我对当时买的呢料印象很深。

柳老师说，绝对不可能的，这个学生在陈墩镇上是信誉非常好的，你这样说他，若是被人家传出去，说他连自己的老师也换呢料，以后他再怎么做生意呢？！这个学生是我教出来的，我知道，我不会相信他会做出如此下作的事情！

小周听了，自然很不舒服，凭女人细微的敏感，她可以非常肯定这呢料是被换过了。本来她想说过以后就息事宁人，但万万没想到柳老师跟她较起了劲，心里觉得很委屈。便说，照你的意思，是我冤枉了你的学生？！

柳老师斩钉截铁地说，就是么，你要是对我送的大衣不满意，你可

以直接说我，骂我也可以。你绝对不可以兜着圈子来损我的学生，这是事关一个人的名声、信誉、为人之道。你损了他，你会害死他的！

小周终于受不住委屈哭了，哭得很伤心，她没有想到就为了这么一件小小的呢大衣，他会这么绝情地待她。更可气的是小周哭的时候，柳老师不仅没有安慰她几句，反而火上浇油，说，你哭也没有用，这是原则问题，其他无关原则的问题我可以迁就你，但这是关系到人家小青年事业前途的原则问题，我是坚决不会让步的。

柳老师的话居然讲得这么绝，小周也就不想再跟他争辩，越想越委屈，当即返身回宿舍，整理了自己的行李不辞而别。

柳老师的那位牵线的学生知道后，两面做了好多工作，最终没有能挽回这个僵局。

过了一段时间，做裁缝的学生突然找上门来，跟柳老师道歉，说，柳老师，我是过来赔罪的，我忙昏了头，把您的呢料子跟别人的搞错了。

柳老师听了学生的话，眼睛睁得铜铃一般，不无疑惑地连说，怎么可能呢，你不要瞎说！怎么可能呢，你不要瞎说呀！

找呀，找呀，找呀找

　　苗森爱干净，爱干净的苗森自然爱水，爱水的苗森尤爱校园里银杏下那口老井，她说那井水质特别纯净，水性也特别的软和，触摸这纯净的井水，有一种特别的心灵体验。或傍晚，或周末，井台上总有她的倩影，洗衣、洗物、洗发有时干脆绾着湿湿漉漉的秀发，挺悠闲地在那老井台上浣洗衣物。

　　天渐渐地热起来，井台也渐渐地热闹起来，即使是平时很懒洗衣的男生，到了这时也因难忍的汗气逼着每天都上井台。

　　苗森就读的师范是一所很老的师范，不多的几口井都是老的，只是她们70年级有史以来头一回招了八个班，这几口井便有点不堪重负了。天愈发热了，而井水愈发浅了，直至一口口老井相继干枯，丑陋的井底毕现，学校才不得不采取紧急措施，封闭所有老井蓄水，凭票每个人限量提供一瓶热水半盆凉水，然即使这样还得排队，排在后边的学生还常常因水太浑失望而归。没几天，学校里只能每人每天供应半瓶热水了。

　　校园里有个早准备填没而没来得及填的死水潭，师生们试图启用这潭死水，只是这死水满是绿藻，雪白的衬衫只需浸一下，便成了一种谁也讲不出名的灰灰的似尿渍的颜色，不几天，整个学校到处可见这种颜色，学生们便戏称其为校服。

　　校外大运河里有水，但那是什么水呀？！酱油汤一般，有几个男生活动课后实在汗气难忍，跳入了大运河，而一入水便沾上满身的油污，没办法只能用校园里的那潭死水来冲洗，结果换了一身绿藻后，再也无水可洗了，只能光着背到处找水。

　　爱干净的苗森整日坐立不安，只两天，她就哭了三回，实在忍不住了，她便在放学后约上几个女生拿着该刷洗的衣物和脸盆外出四处找水。

　　出得校门才知道，遇上了几十年一遇的干旱，近处的一些小河全干涸了，即使有浅浅的一小汪水，也早被赶在她们之前涌过来的学生们搅成泥浆水，无法再用了。

在那小河床边，苗淼她们与光着背也在到处找水的男生们不期而遇，看着他们的狼狈相，苗淼头一个笑出声来。他们是理科2班的，那瘦高个她知道，在年级篮球队里，投篮特准，别人都叫他阿林。于是望泥浆水兴叹的她们和他们，只能不约而同地掉头去更远的地方找水。

先是沿铁路走了一小段路，两旁的护路河虽有水，可脏得令人作呕。后来，还是阿林跟大伙说，还是沿河床朝前走。于是，走呀，走呀，走呀，走到火辣辣的太阳落山，他们终找到了一处积水，大家一涌而上，却被阿林厉声喝住，说谁也不准去胡搅，不然，我们今天又要前功尽弃了。他说我在下面把水舀上来，你们一个个接上去。省着点用。于是，男生女生该洗衣的洗衣，该擦身的擦身，而待一批批同学离去后，河床里再也舀不出一点点水了，尽管小心，那不多的水还是浑了，而阿林自己光着的背上仍是油污、绿藻和汗渍。女生中只有苗淼没走，她脸盆里还盛着半盆清水，说，这是为你留的，端回宿舍去擦吧，免得再出汗。阿林脸一下子涨得绯红，他端着水前面走，苗淼拎着洗好的衣物后面跟着，没想到进校园却引得一片异样的眼光。

第二天、第三天，他们都不约而同地在找水的路上相遇，水愈找愈远，回校也愈来愈晚，因是非常时期，学校里有了这方面的特许。一直到驻军支援学校突击打就的那口深水井出水，他们才结束了找水的艰苦历程。

只因找水那事，以后只要阿林参加学校的篮球赛，苗淼所在的文科2班跟阿林所在的理科2班的同学们，便会齐声喊"苗淼"来为阿林加油鼓劲，以至于班主任老师专门找阿林谈了一次话，阿林却说，我们之间确实什么也没有，老师你应该找他们那些瞎起哄的人谈谈。

毕业前的那个暑假，阿林试探着约苗淼上他家去玩，说我领你到一个你肯定最爱的地方去，没想到苗淼真的去了。下了火车，坐轮船，一个多小时的航程。坐在船里，四处都是清亮亮的水，最后的去处是一个清澈见底的大湖，苗淼第一次看到这么多这么清的水，只待了一天，就再也忍不住地说，阿林，我不想走了！

于是，这年秋季开学，淀泖湖渔业小学一下子多了两个师范生，一个教算术兼体育，一个教语文兼唱歌。头一节课，苗淼便教孩子们唱游戏歌：找呀，找呀，找呀找，找到一个好朋友……学校在湖边，湖上打渔的渔民听到了，都说新来的女老师长得好看，歌也唱得好听。

苗老师跟阿林在淀泖湖渔业小学一待待了三十多年，一直到退休还在那里待着。她俩就是我尊敬的老师。

分　羊

　　自从老田当了陈墩镇小学的校长后，小学里便多了一道福利，就是年前分羊。

　　羊是学校里自己养的，教室后面的老柴棚是羊圈，每年养个三四头羊，由高年级老师劳动课的时候带着学生割草喂着。老师学生们都很喜欢学校的羊，本着心思喂着它们，把它们喂得一个个膘肥体壮，毛色光亮。到了学期末，学校要评劳动积极分子，评上的学生，总由田校长当着全校老师学生的面表扬一下，发几支橡皮头铅笔、几本练习本，以资鼓励。受到表扬的学生，总感到很荣幸。

　　学校里的羊，大多是母羊，也有一两头公羊。有了公羊和母羊，也就有了小羊，生养繁殖小羊的整个过程，学校里规定是不让小学生看的，故而羊圈平时总是锁着，钥匙放在田校长的小办公室里。只有轮值的学生才能取了钥匙去喂草，平时校园里只能隐约听到羊咩咩的叫声。有时轮值的学生突然发现羊圈里多了几只小羊，便奔走着去告诉老师告诉同学，于是不多久学校里几乎所有的同学都知道了大羊生了小羊。而学生不知道的是，大羊要在年前杀的，小羊才是第二年要继续养的。

　　杀羊总是在年前放假当中，那时学生们都放了假。而分羊，常常是由教导处的闵老师逐户挨个通知老师到校，虚掩着校门分的。其实羊是学校里事先请附近乡下的农民来杀的，杀羊的代价是带走几副羊肠和一些杂碎，杀羊的农民往往有孩子在学校里念书，于是杀羊也成了一项义工。每每请人来杀羊，临走时田校长总要反复关照不要在孩子们跟前声张，家长们也总是能为学校严守秘密的。

　　学校里有一口专门用作煮羊的大铁锅，是以前的旧锅。每每杀了羊，便有几位热心的老师来煮羊。锅支在大院里，柴火用的是平时坏得不能再用的课桌板凳，事先有老师晒干，干柴烈火，在寒夜里"哔剥"作响，

煮了一些时辰，校园里便氤氲着热腾腾的羊臊气，非常诱人。但学校里多年规矩是分羊前谁也不得事先享用的。那年，学校里来了几个实习老师，就住在校园里，玩牌玩到半夜里，饥肠辘辘的，受不了羊汤的诱惑，便偷偷地享用了一番，其实偌大的一锅，他们不说，谁也不会晓得，他们自己自然不会说的。

第二天下午，开始分羊，为体现分羊的公平公正，学校的规矩便是事先把羊剁开，按教职员工的人头分成若干份，然后依次贴上序号，再由大家抓阄，对阄取羊肉。这些工作，都是由数学老师出身的教导处闵教导做的。田校长则在一边监督着。办事一向严谨仔细的闵教导，分羊肉也是绝对的认真，总是力求不偏不倚。唯一例外的是教高年级语文的唐老师。唐老师是本县小学界知名度很高的教学能人，口才文才都是绝顶一流的，只是先前受了一些不公，被人打坏了肾脏，到了三十七八岁才结婚。可能是肾不太好，好几年了一直也没个孩子。田校长不知从哪知道，公羊的那物件，对唐老师这病是管用的，于是郑重其事地跟闵教导交代，以后每逢分羊，公羊的那物件得先给唐老师留着，而且不占羊肉的分量。唐老师每次拿到专门给他留着的宝贝，总是感怀不已，而唐老师又是个懂得感恩戴德力求回报的人，所以来年的教学上总是呕心沥血，频频出新招，为学校赢得了好些荣誉。

这年，只有一只公羊，而那物件便愈发金贵。开始分羊前，在田校长的示意下，闵教导便小心地在大锅里翻寻那物件，结果把所有的羊肉羊杂碎都捞完了，还是没见着那物件。于是，闵教导急了，一急便喊：谁见着唐老师的羊卵子啦？众人只顾抓阄没在意，故而没人答应。闵教导更急了，扯开嗓门大喊：谁见着唐老师的羊卵子啦?! 众老师这才回过神来，大笑。结果闹得唐老师一脸通红，无地自容。

没有了那物件，闵教导心里耿耿于怀，故而穷追不放，排了几遍，把疑点放在几个住校的实习生身上，实习生们被闵教导严肃的神情所震慑，方知事情严重，但谁都赖得一干二净，吃了也全都说没吃，只是事后私下里说，早知道那玩意没啥吃头，半吃半丢的，真犯不着去碰它。

第二年，唐老师终于有了自己的孩子，一个男孩，只是那孩子弱不禁风，老是犯病，一看就是先天不足的样子，几个实习生见了，私下里便觉得愧对了唐老师，千不该万不该把唐老师的那性命宝贝给糟蹋了。

酒鬼阿炳

阿炳嗜酒。知情人说，阿炳十三岁就在老家陈墩镇的"九月白"酒坊当学徒。那"九月白"可是当时方圆百里出了名的酒作坊。独门的酿酒技艺是祖上一代代传下来的。本地产的上等稻米，用几十道工序，酿出来的酒，酒色醇厚，酒劲强烈，回味无穷。其实，阿炳学徒三年，只时时闻得酒香，却从没敢舔哪怕一小滴"九月白"。

阿炳是个渡江干部。在整个县供销社，阿炳的资历比谁都深。可阿炳是个直肠子，遇事不转弯，在供销社里当个股长，少不了跟社主任顶牛。阿炳性直，不会算计别人却常被人算计，穿小鞋吃哑巴亏是常有的事。吃了亏又不长教训，于是常常吃亏。吃了亏心里郁闷无处发泄，回得家来，少不得独自举杯小酌，也算借酒消愁。

阿炳嗜酒，从不节制，即使一个人独斟，也会把自己灌得酩酊大醉。阿炳醉酒，倒是从不惹事，呼呼一睡，醒来时又似没事一般。没料想，阿炳醉酒竟然醉出大事。他管辖的农资仓库，竟然会自己烧了起来，一直到火被县消防队的三支水龙浇灭，还没有找到阿炳的人。虽说那日是礼拜天，可出了这么大的事，总得有人担责。阿炳背了个大处分，被下放到基层供销社。

在选择下放地方时，阿炳却一口咬定要求去陈墩镇，说不管到哪个村都行。没人晓得，阿炳心里惦念老家是假，惦记镇上的"九月白"是真。这酒，阿炳小时候一直想偷尝，撩人的酒香常常让他不能自已。然老板规矩严，偷喝酒是要被罚打大板的，所有的学徒，没人敢越规。

到了陈墩镇，阿炳便在离镇不远的金泾村落了户，在村代销店做营业员。不几天，阿炳就跟村里人熟了，村里人不势利，都把他当城里来的同志敬重，村里有谁家办事喝酒，都来请他。受邀的阿炳总是三碗不醉，六碗谈笑风生，九碗才醉意蒙眬。几场酒吃下来，阿炳的酒名渐渐

传扬开。有人称他"酒神"。

平常里，阿炳总是一日三顿酒，顿顿酒壶不离身。有酒的阿炳赛似神仙，每每酒后鲜活如鱼儿，人机敏，办事干练，说话也常常是妙趣横生；一旦没酒，那人就蔫了，两眼无神，说话也木讷。

阿炳下放当营业员，工资是照拿的，每月五十三块，按理说日子是很好过的，然上有岳父母要贴补，下有儿女四个要吃饭穿衣读书，一家老小拖累很重。阿炳嗜酒，常常月初拿了工资，日日酣醉，月尾囊中羞涩便到酒厂去赊酒。结果害得全家老小整年吃不上肉，交不上学费，添不上新衣，阿炳老婆整日唉声叹气，怨声载道。

儿女渐渐大了，便开始要做阿炳的主，合计着要夺掉阿炳的酒壶。在家里，儿女们总把阿炳的酒壶东藏西藏的，让阿炳好找；若阿炳赶去酒厂赊酒，儿女们便抄近道去把半道上竹夹桥的木板给拆掉；而待阿炳稍一喝到醉意起自鸣得意时，便七手八脚，把阿炳捆个结结实实的；阿炳有时被捆着照样自顾酣睡，有时则借着酒劲直骂娘，骂得半条村的人都能听得。阿炳被儿女们如此折腾，便坏了名声，从酒神一下子跌落成了酒鬼。

转眼间，七八年过去，县人事局有人过来找阿炳。那日，人事局的来人到金泾村时，正逢阿炳隔夜酒未醒又刚刚喝过早酒，鼻尖被风一吹，红彤彤的。一位干部问他想去哪里，阿炳笑眯眯地说，想去酒厂。没料想，此回是人事局帮他恢复工作，专门来征求他意见的。于是，重新恢复工作的阿炳被派到陈墩镇"九月白"酒厂当厂长。一听说县里让阿炳到酒厂当厂长，阿炳老婆先是大哭一场，边哭边喊，你这冤家杀千刀的，这下子可要淹死在酒缸里了！

不几日，阿炳走马上任，穿一件藏青色的中山装，拎一只黑色公文包，俨然换了一个人。可阿炳上任一个月后，竟然觉出酒厂的不对劲来。酒厂生产红红火火的，可却年年亏，亏到连发工资也够呛。再这样下去，酒厂只能关门。绞尽脑汁苦思冥想好几日，阿炳终于被逼出一个绝招来。

这日下班前，阿炳让所有的人排队出厂门，大家深知阿炳底细，没一个在乎的，手上大杯小桶的谁都带上一些新酿的"九月白"。有几个嗜酒的更是嘴里酒气冲天。有酒气的，阿炳闻一下；带酒的，阿炳掂一下。还让会计把酒的分量跟大名一个个记下来，换算成钱，按分量扣工资。没想到一逮一个准。众人诧异，所有人暗自为阿炳这一手叫绝。尤其是

偷喝酒的人，一个个被阿炳估得相差无几。

　　没有人料到，这阿炳自到酒厂当厂长那日起，就戒了酒，滴酒未沾。戒酒后，自然对酒味特别敏感。紧接着，阿炳取消了所有关系户的特供酒，谁取酒，谁买单，绝不含糊。有人骂娘，要找阿炳论理。可就是找不到他人，问手下人，都说不知道。有人说，找阿炳呀，不知道，可能喝醉了在哪睡觉吧。来人无奈，只能空手而归。

　　没想到，如此一来，酒厂一下子扭亏为盈，发了工资还发奖金。厂里人服了，都说，谁说阿炳是酒鬼呀，他明明是酒圣。

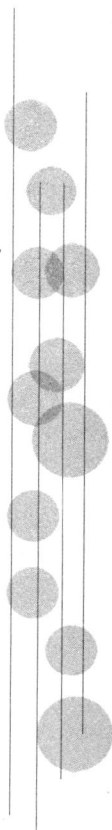

老镇恩仇

阿兮廿三年后重新回到了陈墩镇。阿兮回来，在原本平静的老镇上撩起了一阵不小的波澜。回镇之后的阿兮，人未照面，却托先前的一个老友去镇上阿隆野鱼馆找阿隆，说是要定第二日晚上的河豚餐。这番动作，让老镇上人都说现在的事情真是看不懂了。镇上好多人晓得阿兮和阿隆原先的恩怨。阿隆又是个闷暴脾气，阿兮朝阿隆闷暴脾气上撞，定是吃错了药。

阿兮和阿隆是仇家，老镇上人都知道。阿兮和阿隆原本不是仇家，后来，阿兮把阿隆的表妹阿兰拐走后，两人就成了仇家。更让两人势不两立的是阿兰被阿兮拐走后过了十几年，阿兰死了。好端端的人说死就死了，阿隆自然觉得很难接受。

阿兰，原本是在阿隆的野鱼馆里帮工的。阿隆的大姨让初中未毕业的女儿过来帮工，其实是有意把自己的女儿嫁给自己的外甥阿隆。阿隆是领来立嗣的，表妹嫁给表哥，就显得顺理成章。再有就是阿兰家里兄妹多，阿兰的爹娘长年累月在湖里捉些小鱼小虾，小鱼小虾不值钱，日子过得紧巴巴的。大姨要把女儿嫁给阿隆，大姨只跟阿隆说，说先让阿兰过来做帮手等阿兰再长大一些。阿隆知道大姨的心思，对阿兰知疼知痒，倍加呵护。这事，大姨没跟自己的女儿说穿，阿兰就一直蒙在鼓里。

阿隆开野鱼馆，其实，那个时候还只是二厨。他爹是大厨，烧得一手好湖鲜。他爹原本也是捉鱼的，后来在湖里呆的时间长了，身子骨吸了寒气，浑身疼，不能够再捉鱼了，才上岸开了个野鱼馆图个养家糊口。不料想，他爹几手烧湖鲜的绝活，给小小的餐馆带来了生机，到他爹过世阿隆接了大厨，这餐馆一直挺兴旺的。

阿兮是那几年做星期天工程师从上海过来的，镇上有他的亲戚。阿兮人活络，在镇上断断续续呆的几年里，镇办厂总是好菜好饭招待着，

日子过得挺惬意。时不时被镇办厂的厂长约上，来阿隆的野鱼馆美美地撮上一顿。两三瓶烧酒，七八盆湖鲜，也不用花多少钱，厂长每次都是签单的。一来二往，阿兮跟阿隆很熟了。阿兮过来，小个子霍闪着大眼的阿兰，每回总忙碌着热心地招待着他。阿兮闲来没事，也常来小餐馆坐坐，要一盆螺蛳一份小鱼一瓶啤酒，坐上小半天。开餐馆靠的是人气，阿隆乐得阿兮常来坐坐，也巴望着带来些人气。阿兰哪，喜欢看书，阿兮说厂里工会的图书馆有好多书没人看，一本本取来给阿兰看。

不料想，一来二往之间，阿兮竟然把阿兰给拐走了。一夜之间，两个大活人在镇上像空气一样蒸发了。这件事，对阿隆来说，几乎没有一点预兆。其实，表妹出走前，阿隆的大姨是应该预感到的。阿兮跟阿兰好上了，阿兮要跟阿兰结婚，阿兰回去跟自己的娘说。娘说，你是要嫁给阿隆的人，娘早先已经跟阿隆说过的。兰说，我已经是阿兮的人了，我死也要嫁给阿兮。娘听了几乎要昏厥过去，骂，你这不要脸的小细娘，你要逼死你爹娘呀。没过几日，两人就没影了。阿兰被拐走后，阿隆很懊恼，两人在他的眼皮底下生了情，他一个大活人，竟然一点也没有察觉到，只觉得阿兰喜欢读书，自然得由着她，没料想，他们像地下党一样用借书作掩耳夹纸条传情。后来，阿隆曾经关了一段时间的餐馆到上海去找阿兰，但上海那么大人那么多，怎么可能找到呢？其实，这期间，阿兰给家里写过信寄过钱，但她娘忍不了这口气。信，烧了；钱，退了回去。再后来就听说阿兰死了。

第二日傍晚时分，阿兮果然准时现身在阿隆的野鱼馆，只是并非独自一人，身边伴着一个个子高高的年轻人，体魄健壮，像保镖一般。

阿兮两人落座，没人前来照应。阿兮耐着性子端坐着。坐了很长时间，阿兮耐不住了，说，老板，我们是预定的客人，你们做生意总不能冷落了客人么？阿隆忍着性子说，今日我没心思做河豚，做出来的河豚保不准干净不干净，这样的河豚你也敢吃？阿兮说，只要你敢做，我就敢吃。阿隆说，你敢吃我也不会做的，没心思做的事做了，你吃了出事事小，我的名声砸了事大。

半晌，阿兮取出一叠东西，一件件摊开来，跟阿隆说，这是阿兰离开陈墩镇后得到的。阿兰喜欢读书，家里穷没让她读完初中，她很伤心。她最初离开陈墩镇，是想找一个能够读书的环境。离开陈墩镇后，她一直在边做工边读书。她读了夜校，拿到了初中和高中的文凭，她读了成人高校，拿到了大专和本科的文凭。她甚至在没有上海户口的情况下找到了一份相当不错的工作，人家看中她的是她处事的执着和干练。她在那个不小的家政公司里已经做到了中层。她生病是五年前的事，她很要强，她一天天挺着，最终还是没有挺过来，带着遗憾过早地走了。她走的时候，说的最后一句话，是好想回陈墩镇看看，但她没有能够做到。

阿隆没有说话，默默地看着一桌摊开的东西。

阿兮指着一旁体魄健壮的年轻人，跟阿隆说，这是我们的儿子。健壮的年轻人冲着阿隆叫了一声"舅舅"。

阿隆让人端上其实已经事先准备好的菜肴，摆了三个杯子，斟上满满的烧酒，一抬手自己深深地干了一大口。

那晚，阿隆和阿兮都醉了。

河豚王

　　陈墩镇四周，湖泊众多，河网密布，离镇不远处的淀泖湖中产有河豚，尤产一种头圆嘴小无颊无鳞腹白背有淡褐色纹点的河豚，叫斑子。此为河豚中的佳品，虽其毒性更剧，中其毒，无任何解药，然此鱼肉质细嫩尤为鲜美，常令嗜好河豚的人甘愿冒生命危险而欲罢不能。掐指算算，最近几十年中，淀泖湖一带被斑子河豚毒翻的人确也不少。陈墩镇人把这鱼称作"河豚王"。

　　镇上，有一个叫阿隆野鱼馆的饭店专做野生河豚，其实饭店里也唯有老板兼大菜师傅的阿隆能做这样的河豚，此美味食后确让人终生难忘。在陈墩镇，谁都知道阿隆。阿隆祖上就因擅长烹制河豚而远近闻名。阿隆从小跟爷爷吃河豚，跟阿爸吃河豚，后来自己烧了自己吃河豚，整整吃了四十来年，吃出了一手烧斑子河豚鱼的绝技。

　　早先，阿隆的爷爷、阿爸都是乡间以捉鱼为生的渔人，每每捉到河豚，特别是河豚王，不敢轻易卖人，弃之可惜，便试探着烧来自己吃，河豚不是很容易就能捉到的，尤其是斑子河豚，常常混在其他鱼中，几天只能捉上一两条，他们就把不多的几条积起来，积多了才一起烧了吃。阿隆家做河豚，有很多的讲究，也是爷爷手里传下的绝活。捉刀杀鱼，去籽去内脏去血，然鱼籽鱼内脏好去，鱼血则难去尽。关键的一道工序便是支一口锅，用竹签把鱼反钉在锅盖上用文火煮水蒸，鱼熟透则鱼血也沥尽，弃水，再置橄榄子、槐花末解毒，或白烹成羹，或红烧。

　　这烹煮法说说简单，然和性命攸关，则步步惊心。

　　早先，这绝活只是阿隆爷爷、阿爸烹制了自己享用，拼死吃河豚，解个嘴馋搭条命，被乡里人看不起。然几十年相安无事，这才渐渐被乡里人另眼相看。只是这绝活传到阿隆手里，阿隆便生出许多花样来，先是开了阿隆野鱼馆，做其他野生鱼宴，更做斑子河豚宴。尤其是这斑子

河豚宴，阿隆野鱼馆自有阿隆野鱼馆的处法，直吃得人心惊肉跳。在阿隆野生鱼馆吃野生河豚，有好多讲究，谁吃谁就得先沐浴、净肠。沐浴既为隆重也为防个万一。万一那个了，也好干干净净而去。而净肠则为清肠中物，生怕物物相克诱生毒性。阿隆专门配制了茶水，在上河豚前，边喝边等。至于谁先吃，则更有个讲究，以前是爷爷捉刀杀鱼烧鱼则爷爷先吃，阿爸捉刀杀鱼烧鱼则阿爸先吃。到了阿隆手里，阿隆用河豚待客，总是当着客人的面先试吃，食后绝对无事了，方让食客们动筷。即使如此，食客也总觉得吃的时候，嘴唇微麻，心跳加快，然鱼味实在鲜美，让人欲罢不能。如此吃法，也吃出了阿隆野鱼馆的名声。好多有钱的食客，常常从几百里地以外慕名赶来。阿隆也渐渐有了新的称呼，被人称作"河豚王"。

阿隆野鱼馆做斑子河豚宴，其实并非日日开宴。原先是一个月一次，还得早几个月预约，然即使预约得好好的，还会落空，实在是野生的食料，少之又少。到了最近几年，阿隆只能看食料排预约，有的一约约了整整一年还没排上。赶上有钱的又非得请贵客的主，往往一掷万元作押金，然也常常扫兴而归。

一日，终有一常为阿隆野鱼馆送食料的老渔人，送来三条斑子野生河豚。阿隆一见，眼前顿时一亮，凭这么多年来做河豚宴的经验看，这正是久违了的正宗的淀泖湖里特有的野生斑子河豚，已经成熟，毒性一定非常了得，而肉质也一定非常鲜美。

老渔人开价三千，每条一千。阿隆多给了一千，乐得老渔人咧嘴傻笑。

三条斑子野生河豚，没有被阿隆作食料践了预约，而是请宠物商店送来了一架高档鱼缸，摆在店堂正中。河豚王养在里面，成了阿隆野鱼馆的镇馆之宝。

有了河豚王，阿隆野鱼馆的预约更多，然整整几年过去了，那些预约的食客一次也没有预约成功。又不甘心，一批批赶来野鱼馆探听虚实。只见馆里鱼缸里的斑子，一直在那里游动，很孤独的样子。有三条斑子在店堂里养着，河豚王不再是个传说。

终于有一个晚上，两只凶悍的野猫闯进店堂，用了非常高明的手法，把鱼缸里的斑子河豚捞出了鱼缸，在一顿大快朵颐之后，七窍流血，殒命店堂。

第二日早上，开店面的服务员，看到了店堂里的惨状，急急打电话叫阿隆。阿隆赶来店里，调出监控录像一看，顿时傻了眼。

从此，阿隆野鱼馆门口贴出一条告示：阿隆野鱼馆暂不预约斑子野生河豚宴。

好河豚者知道后挺失望，野鱼馆生意渐渐冷落下来。阿隆看着失落的食客，很无奈，也有点失落。

泉水叮咚

　　嵇本科，其实叫嵇尤山，陈墩镇红木桥堍老嵇家儿子，七七年头一年高考后头一个回镇的本科生。嵇学的是地球物理，毕业时，嵇父想让他回来工作。

　　嵇手持国家干部分配工作介绍信到县人事局报到，人事局让他直接到陈墩镇。一头雾水的嵇，被分配到了镇农技站，这也许是离地球最近的工作。嵇懵懂中做了农技员，全镇唯一的本科生，有点稀罕，每次介绍来介绍去，大家干脆叫他嵇本科，一叫也就叫顺溜了。

　　嵇本科做的第一项工作，是跟着老农技员老孙帮银泾村指导水稻高产坊耕作。嵇跟着老孙，帮人家选种子、量秧距、催施肥、督拔稗，转眼只几月，丰产坊稻子长势喜人，一下子超过了所有的普通稻田。谁料想，一场连续多日的狂风暴雨，让丰产坊的水稻倒伏了一大片，后来仓促开镰还是损失惨重，产量只是普通稻田的六成。老孙也是天照应，关键时阑尾炎发作进医院动了手术。嵇本科一个人顶着，忙乎了几个月背了个骂名，被银泾村人追着骂。罗镇长也常常在大会小会上骂，啥狗屁嵇本科，鸡巴笨蛋！自此，镇里不让嵇本科碰丰产坊。

　　嵇本科没事做只能干耗着，有事没事跟着别人在乡村里跑跑。有段日子，虬村进了个勘探队。队里有个嵇本科的同学。同学跟嵇说，你这样吊着，专业荒了，以后评职称难了。出于好心，同学主动在自己的论文上署上了嵇的大名，那是有关沿海平原地区油气储量探测方面的专业论文，不久上了一家专业杂志。这篇论文不知怎么会在虬村传开来，只几天，虬村好多人家的场地路旁加盖了各种简易屋棚。加盖屋棚后，村里人开始算着拆迁后的收益，偷着乐。不料想，一等等了两年没动静，虬村人急了。当时匆忙中搭的屋棚，经不起风雨，一倒一大片，压伤人还险些出人命。虬村人不干了，有好些人串通着到镇上上访，讨要说法。

罗镇长开头也没闹明白，虬村人拿出有嵇署名的杂志，责问镇长，说国家做事不能欺骗老百姓。确实，嵇是国家干部，有嵇大名的杂志是国家的正宗杂志。罗镇长大怒，一纸红头文件贴在镇政府大门口，罚嵇做政府大楼卫生勤杂工半年，以平民愤。

嵇做勤杂工，倒也勤勤恳恳，自知有错在前，也算将功补过。不料，只过一周，镇妇联又把嵇告到罗镇长处。罪名很简单，那就是政府大楼所有的女厕所，一周没人冲洗，肮脏不堪，臭气熏天，无法如厕。

嵇这才开始同时冲洗男女厕所，只是一个大小伙子贸然进女厕所，总有诸多不便。然嵇绝非笨人，每次进出女厕所冲洗时，总轻声唱着歌。这是职业暗示，其实际效果不输街上洒水车的音乐。嵇唱的是时下流行的歌曲，"泉水叮咚，泉水叮咚，泉水叮咚响，跳下了山冈，走过了草地，来到我身旁……"大凡女干部突然听到"泉水叮咚"便匆匆提裤让位。一时节，"泉水叮咚了没"，成为陈墩镇干部们口上的俏皮话。

一日，上面有领导来调研。嵇例行"泉水叮咚"，把正在解决内急的袁部长吓了一跳。然小门紧闭，有惊无险。袁部长是位没有脾气的小老太。小门外舒缓本色的男中音，让她眼前一亮。回会议室一问"泉水叮咚"，罗镇长心里发急，生怕活宝又闹出啥大事，局促不安，小心回答部长问话。

调研结束后没多久，上面竟然发下一纸红头文件，任命嵇尤山为地区地方剧团副团长。一时，全镇人都在传说这事，各种版本。知情人说，地区组建剧团，正副团长人选，久悬未决。先安排了一位团级干部，人家不愿意，三天两头不在团里。再想物色个常务副团长，托人走路子找上门来的不下一个排，都冲着这诱人的编制。一直在为这事烦恼的袁部长，调研时，正好撞见了嵇本科。人家一个七七级首届大学本科生，正宗国家干部，又在农村锻炼了几年，连最脏最苦最没脸面的活都干得风生水起，难能可贵，况且还挡了一批人省了个编制。

嵇本科上任后不久，恰巧照安排带团到老家演出。灯光才亮，观众就喊要嵇本科唱"泉水叮咚"。其实有人想看嵇本科出洋相。嵇本科应声，上台，手一抬，乐声起，一句"泉水叮咚"，全场乐翻了。一曲唱毕，全场掌声雷动。

寻找宋一鸣

我离开陈墩镇金泾村已经好多年了。

过年时，我回了一趟老家，看看本家长辈，一起吃顿年夜饭。村里的孤老阿魁根听说我回来了，颤颤巍巍地背着个小藤箱来找我，说让我帮着在城里找一个叫宋一鸣的人。小藤箱已经很陈旧，是我从来没有见过的很老的样式。小藤箱沉沉的，我不知道里面究竟装着些啥东西。

阿魁根告诉我，宋一鸣是原先苏城来金泾村插队劳动的知识青年。小藤箱是当年宋一鸣匆忙离开金泾村时落下的宝贝。这些年，阿魁根一直帮他很好地保存着。

阿魁根已经很老了，老得自己管自己吃住都已经很费劲。听大伯说，先前阿魁根在队里当队长时，因为偷了队里的优良稻种和豆种吃了官司。吃了官司后，老婆也生病过世了。有一个女儿，他吃官司后，就远远地把自己嫁了出去。阿魁根前几年去过女儿处，去了以后又回来了，后来再也没有去过。

阿魁根已有点木讷，话不多，交小藤箱时，还抖抖索索掏出一张五十元大钞。我愣了半天，方才弄明白，这是阿魁根给我找人送箱子的酬劳。

我把小藤箱接了下来，把五十元大钞放在阿魁根的口袋里压严实了，说，魁根阿爹，你放心好了，我保证把这小藤箱原封不动地送到宋一鸣手里。

谁也没有料到，第二日，阿魁根死了，是睡在自己的床上咽的气，被人发现时人已经硬了。

回了城，我便想着法子到处打听宋一鸣。托朋友的朋友好不容易在公安局的老户籍档案里查到了宋一鸣的住址，然到那里一看，原先的房子早拆迁了，原先的门牌号里已经是几幢新的高层建筑，里面的住户有

好几百。我蒙了。

住址的线索断了，我试图从宋一鸣的工作单位去找。找老家人打听，有人曾听说跟宋一鸣一起回城的几个插队知识青年曾经在一个叫轩和坊的街道办工厂工作。我又找了好久，轩和坊街道还在，然街道办工厂早在二十多年前就倒闭解散了。问曾在工厂工作过的一位老人，老人说，厂里原先回城的知识青年倒不少，只是好像没有听说有叫宋一鸣的。我顺藤摸瓜再找下去，终于从一个当年回城的知识青年嘴里知道有一个一起回城的知识青年原先叫宋一鸣，后来改姓换名叫了王愧。

费了一番周折，我终于找到了王愧。王愧，正是宋一鸣，下岗后自己开了个小卖部，过着平淡而又平静的生活。这时的宋一鸣已经不年轻了。

我把阿魁根托的小藤箱交给了宋一鸣。我说，是阿魁根让我一定要找到你的。找你找得好苦呀！

宋一鸣愣了好半晌，迟疑问，阿魁根让你找我到底是啥意思？

我说，阿魁根没有说有啥意思，他说它是你的，他一直原封不动地给你保存着。

宋一鸣仍旧狐疑着，小心地探问，他没有捎啥话呀？

我说，没有，他给我小藤箱后的第二天就过世了。

宋一鸣仍不放心地说，那你是阿魁根的啥人？

我说，我只是从金泾村读书出来的人，我家住在阿魁根家的东隔壁。

宋一鸣这才说，我记得你爹。当年，我是从金泾村逃出来的，我实在没有脸面面对金泾村人。其实，是我犯的罪孽，是我借阿魁根队长让我看管仓库的机会，偷了队里的稻种和豆种，那时生活有点苦，细粮不够吃，受不了诱惑，我把看管的稻种和豆种夹带着偷出来吃了，不只自己享用，还送给一起下乡的女知青。原想每天拿一点点不碍事，只当是儿戏。谁料想日子久了，亏缺的稻种和豆种就多了。到了开春要落谷种豆时，被人发觉少了很多。这事惊动了公社，公社动用武装民兵来查案子。其实这案子是一查就能查出来的，因为所有的门窗都好好的，一看就是监守自盗。只是还没有待公社里来的民兵干部怎么查，做队长的阿魁根就自己承认了。他为我担了罪责。结果，阿魁根因为破坏农业生产被判了刑。

说到这里，宋一鸣老泪纵横，轻轻地唤了一声"阿魁根大叔"，哭着

说，阿魁根大叔，我这辈子欠你太多了，我心里有愧呀！

宋一鸣当着我的面，打开了那只小藤箱。里面是一些旧书，最上面那本是《三国演义》，下面是《攻击柏林》、《静静的顿河》。这些书，我听爹说过，只是感觉很遥远。爹曾经告诉我，先前村里认识字的人很少，离镇上又很远，没有电视，一年四季看不上两场电影。后来来了一个苏城的知识青年，喜欢看小说书，阿魁根就让他给村里人念小说书，奖励是不用干田里的活，只消看看仓库。苏城的知识青年就在队长家里用好听的苏城话给村里的男女老少念小说书，就跟说书一样。每天晚上，队长家都像过节一样热闹。到了后来，村里人听书上了瘾，都把知识青年当宝贝捧着。过了好多年，村里人还时时惦记着他。

没想到，这知识青年竟然就是阿魁根让我苦苦寻找的宋一鸣。

捉　奸

　　苏城插队青年经典、经纬在帮小队里枭稻谷的时候认识了陈墩镇粮食仓库的检验员阿平。在一起喝酒的时候，阿平说，只要我帮你们给粮库的代主任阿金奎送点烟酒，保证让你们能到粮库里做临时工。临时工每天一块钱工钱，这是所有插队青年梦寐以求的好活，于是，经典、经纬开始通过阿平给阿金奎送烟酒，送了几次，送得两人身无分文，无奈之间只能跟家里要了钱再送，结果终于被招进陈墩镇粮库做了临时工。进粮库做了临时工后，经典、经纬看到银泾村的阿丽也进了粮库做了临时工，便私下里探问阿丽送了多少礼，阿丽说啥也没送，粮库本来就要招临时工。经典、经纬听了心里就有点不舒服，想想即使做上好几个月还只能勉强抵上送的东西，心里觉得挺亏的，跟阿平说，阿平反说他们，阿丽跟阿金奎是有一腿的，没有一腿怎么能进粮库呢?! 这么多人都削尖着脑袋要进来呢! 于是，经典、经纬便开始记恨阿金奎，他们恨阿金奎，一是恨他的贪，贪得无厌，再是恨他的好色，恨他啥好事都被他占着。阿平告诉经典、经纬，阿金奎像一只喜欢腥味的馋猫，到处偷着尝腥。粮库里地方大，空房多，自然又给阿金奎好多方便。只是粮库里饲养着两条大狼狗，大狼狗见着人走动就骚动不安，阿金奎为防着大狼狗，凡是好事，总事先把大狼狗拴着。

　　看着阿金奎平常人前人模人样官腔十足的样子，经典、经纬他们好几次合计着要治治这阿金奎，心想即使治不了阿金奎，也起码让阿金奎在众人面前现现丑。阿平知道了也给他们出主意，于是经典、经纬他们决计拣阿金奎拈花惹草行好事时，捉他的奸。

　　到了深秋，秋粮已入了库，粮库里又开始进入长长的安静闲暇的日子，短临时工该走的都走了，唯剩着不多的几个长临时工和正式职工一起守着满仓满仓的稻谷慵懒地无休无止地打着纸牌排解着长长的无聊的

日子。经典他们又花钱送了礼，故在原定要走的人中暂时留了下来，但这愈发让经典他们多了对阿金奎的恼恨。晚上，阿金奎时不时拴上一两个小时大狼狗，神色鬼鬼祟祟的，经典他们想这阿金奎定有了好事，于是瞅准了粮库后平时防汛时备用的值班室，等着时机的到来。

这晚，阿金奎又拴大狼狗了，经典他们便异常兴奋。为避阿金奎生疑，经典叫上经纬，还有阿平，取出事先买就的咸猪头，就着萝卜、大白菜，在粮库食堂里摆开阵势喝酒，三人都是好酒量，照常时一般不喝个五六个小时、两三斤白酒是不会罢休的。经典他们喝，食堂烧饭的蕙方，便过来为他们弄菜。蕙方是粮库里人缘最好的女人，饭菜做得可口，手脚又勤快，人前总是一边忙碌，一边笑眯眯说些让人舒心的话，一个人忙的时候要烧上几十个人的饭菜，然她总还是把食堂收拾得干净干净。仓库里不管是谁，谁想着半夜弄些菜吃个夜宵，喝点酒什么的，不用招呼，她便会不叫自到。说实在的，蕙方年纪也不怎么大，就是人缘好，仓库里上上下下全都敬着她。

其实，蕙方的老公本来就是粮库的检验员，人缘也特好，当过兵，到仓库后，做活总是抢在头里做，粮库里最累人的活，是熏蒸，体力上不怎么吃力，可是熏蒸用的药极毒，大热天戴个防毒面具，全身就像从水里捞起来一般。蕙方老公自进仓库后，每一次熏蒸都不缺，有时别人请假了，他还要加班抢着顶班，后来仓库里人都知道蕙方老公家在乡下，负担重，工资常不够花，每次熏蒸都有几块钱营养费，还是红糖和鸡蛋，说是解毒的，蕙方老公便把红糖、鸡蛋积起来带回家，舍不得自己享有，谁知日子一长，蕙方老公肝上闹了病，只半年便撒手去了。蕙方是作为遗孀被照顾进粮库做长期临时工的。这些，仓库里的人都知道。

喝着酒，经典他们轮着隔段时间装作解手去探探虚实，但次次去，最后到了三人酩酊大醉，也没有捉着阿金奎的奸，倒闹得蕙方寸步离不了他们，先是弄菜，再是伺候大醉的他们，他们吐了，她就帮擦干净，再吐，再擦干净。一直到把三人哄小孩一般送到宿舍，拔掉鞋，哄他们睡下，直感动得经典他们拉着蕙方的手，阿姨，好阿姨，好好阿姨，乱叫。

这一宿，酒坏了他们的好事。事后，三人商量，为捉奸，晚上不能再喝酒了。于是，功夫终不负有心人，三人终于在一个深秋月暗星稀的夜里，把正在做好事的阿金奎给堵在了防汛值班室里。然而，当三人撞门进去的时候，冲在最前面的经典呆住了，屋里和阿金奎做好事的女人，不是别人竟是蕙方。三人突然地破门而入，让蕙方陷入无地自容的羞愧之中。

经典急拉经纬、阿平退出。三人在黑夜里抽了一支又一支的烟，最后经典对经纬挺仗义地说：捉奸的事，谁也不准向外传扬！

第二天日早上，当经典、经纬像没事一般去食堂吃早饭时，食堂里竟没生火做早饭，谁都在说蕙方不见了。半小时后，他们最担心的事终于发生了，人们在宿舍里发现了业已上吊自尽的蕙方。

纸最终没包住火，阿金奎的丑事败露，主任也就代不成了。粮食局里来考察新主任，阿平做上了。阿平做上主任后，经典、经纬发现他比阿金奎更贪，也更好色。

一窝小鸡

四十多年前，黄煌从苏城到陈墩镇金泾村插队落户。黄煌出身苏城一名门，家里排行最小，从小在祖辈、父辈和年长的哥哥姐姐和保姆的呵护下，过着饭来张口、衣来伸手的安逸生活。

到了金泾村，村里跟其他来村的城市知识青年一样，为他专门在村头搭建了两间红瓦砖房，砌了烧柴的灶头，帮他配备了一些常用的劳动工具，像镰刀呀锄头呀扁担呀，给他分了一些大米、青菜、萝卜，还专门送他一只即将下蛋的小母鸡。从来没有烧过饭的黄煌第一次为自己烧饭，闹了一个大笑话，烟囱里没冒烟，窗户里到处冒烟，闹得在附近田里干活的村民奔回来救火。结果看见一脸灰一脸眼泪的黄煌，村民们都笑乐了。

第一天劳动，村里为黄煌安排了其实是既省心又省力的挑草泥活。一天挑满定额的活，可以早点收工，可这黄煌从来没有在乡下的田塍上走过路，更不要说赤了脚挑着草泥在泥泞的田埂上走了。竹箕里盛的草泥少得几乎是装样不算，只走了几步就滑倒了几回，好不容易挑着有些草泥的竹箕上了草泥船，鼙着劲一抛，结果泥没抛出去，人嗵的一下子跪进了船舱，吓得一起挑草泥的村民惊叫起来，一个个奔过去好不容易才把他从船舱里拉出来，已是泥人一个了。村里自此再也不敢让他做挑草泥之类的农活了。结果，好多活试下来，他几乎没有一样活能做的，实在没有法子，村里只能安排他跟着只有一只手的阿木看晒场。黄煌专门负责赶鸡。

乡下的鸡全都是散养吃活食的。这些鸡特精怪，老是跟黄煌躲猫猫似的抢晒场上的谷物吃。黄煌每天满场地撵着鸡们跑，一天下来总累得脚酸腿痛浑身散了架似的。一回到自己的红瓦房就懒得动弹。吃饭呢也是有一顿没一顿的，有时实在渴得难受饿得慌就到隔壁几户村民家要些粗茶淡饭解解渴充充饥。至于村里送他原本让它下蛋聊以改善生活的那只小母鸡，开始几日，他还能有一顿没一顿地喂喂。没几天，他自己也顾不了自己，那只小母鸡也只能自己觅食，自己回鸡窝睡觉。久而久之，小母鸡哪天丢了，黄煌也不知道。丢也只能丢了，黄煌实在不敢指望这小母鸡会给他的生活带来什么生机。

过了一段难挨的日子，终于有一天苏城来了一份加急电报，让他速回。黄煌想，定是父母生怕他在乡下吃不了苦，让他回城缓口气。一路上，黄煌想着苏城采芝斋的松仁粽子糖、陆稿荐的酱汁肉、稻香村的枣泥麻饼、松鹤楼的松子桂鱼，他想回城以后，定要一样样好好尝个遍。只是一回到家，所有的事情都是黄煌根本没有料到的，父母被人迫害双双自尽身亡了，而所有的哥哥姐姐几乎都在海外，一个个又断了音讯，谁也没有回来。

草草地料理了父母的后事，黄煌终日捧着父母的遗书，以泪洗面。两月后，绝望的黄煌迟疑着回到了金泾村属于他的那两间红瓦房，绝望之中准备就此悬梁自己了结自己年轻的性命，跟随父母而去。

就在黄煌登高拴绳的时候，他突然觉察到自己那张睡觉的竹铺上有些异样，被子如以往一样乱丢着，乱丢的被子里似乎有啥活物，发出一些不大的声响跟动静。黄煌下凳子过去小心地掀开被子的一角一看，大吃一惊，被窝里竟然是满满的一窝正在破壳而出的雏鸡，一缕缕湿乎乎的绒毛粘在一起，有几只可能早一些时间破壳，绒毛有些干了，毛茸茸的一团，煞是可爱。那只先前丢失的小母鸡，惊恐地护着她的幼崽。

黄煌惊呆了，看着一窝嗷嗷待哺的小生命，不知如何是好。黄煌暂时放弃了自己了断自己的念头。

在黄煌的精心照料呵护下，小鸡慢慢地长大了。长大的小鸡，有的成了小公鸡，有的成了小母鸡。小公鸡们每天一早总是早早地啼鸣，争先恐后的，唤黄煌早早地起床。小母鸡们下了一窝又一窝的鸡蛋，几乎每天都给黄煌带来惊喜。后来，小母鸡们又自己抱窝孵了一窝又一窝的小鸡，黄煌的红瓦房俨然成了鸡们的快乐世界。

照料越来越多的鸡，黄煌觉得每天都是那么忙碌，轻生的念头渐渐地被每日的希冀给渐渐地冲淡了。黄煌没有想到生命原来是那么生机勃勃的。

挠 背

三十多年前，阿新和阿琴还在陈墩镇乡下插队。一天，队里给每人分了五十斤西瓜，阿新的五十斤加上阿琴的五十斤正好一担，阿新合着就往知识青年点挑，阿琴则颠颠地跟在阿新身后紧赶。半晌，无人处，汗渍渍的穿着背心的阿新驻了脚步，面带愧意地紧跟着阿琴小声相商：

阿琴，我背上不知怎么的，痒得很，你能帮我挠挠吗?!

阿琴应允，伸出纤巧的手指一边轻轻地挠着一边还问，是这里吗?

阿新只觉得那手指挠在背上像是带上了微量的电流酥酥的，要有多舒心就有多舒心。

那时，回城的知识青年越来越多，唯有阿新和阿琴一直没有机会，但他俩结着伴日升而出日落而歇，日子过得倒也很坦然。只是，有回阿琴给阿新挠背时被村里人撞见，村里人便说他们是一对了。

后来，终于有机会回了城，阿琴顶替父母进了一所小学当上了校工；而阿新则进了一家工厂学着做起了技术活，也就在回城的那年，他们结了婚。

结了婚的阿新和阿琴，日子一直过得挺舒坦，阿琴在学校也忙不到哪里去，中午傍晚都是早早地回家给阿新烧好饭菜，而阿新厂里也常常是能正点回家，每天总是那两个时辰，门叮咚叮咚一响，开门便是阿新第一句话：

老婆，背上痒死了，挠挠!

阿琴不管多忙乎，都腾出纤巧的手指轻轻地为阿新挠，一边挠还一边开玩笑：你出门在大街上，谁帮你挠啊?! 阿新笑嘻嘻地说：把老婆的手带上么!

没几年，阿新所在的厂子不景气，阿新下了岗。下岗了的阿新跟着别人学着倒腾些东西。一两年下来，阿新竟也发了一笔小财。发了财的阿新，自然生意场上忙乎多了顾家少了。回家少了的阿新，有时背上痒痒了便往各处高档的浴场跑，那浴场里只要花钱，那搓背师傅，自然伺候得他舒舒服服的。

几年后，阿新回家跟阿琴说，我们离婚吧！阿琴知道阿新在生意场上搭识了个叫小曼的外地小姐，无奈中也就允了。跟小曼一起过日子，阿新什么都舒心，就是没人挠背，求小曼吧，小曼说：你花钱去请人家小姐帮你挠吧，我可不挠，脏兮兮的！

前不久，阿新连连遭了难，一是投资个小化工厂不慎出了大事，投资泡汤不算还赔了不少；再是那跟着他的小曼趁机卷了他一大笔钱跟人家小白脸跑了。遭此打击，阿新整天蔫蔫的，常走神，结果路上好好地走着竟被飞驰的摩托车给撞了个头冲地被送进了医院，几日几夜没醒过来。医生说，闹不好，会成植物人的。望着整日晕乎的阿新，医生摇头护士无奈。

阿琴来了，默默地坐着，守候着昏迷中的阿新。有天，阿琴说让我帮他挠挠背吧！

在护士的帮助下，阿琴给阿新背下垫了几个枕头，在几个枕头的空隙，阿琴在阿新的背上轻轻地挠着，挠着……

又几天几夜过去，突然间阿琴见阿新的眼角，淌下了一串串眼泪，嘴角抽动了几下，似乎在喃喃私语。

阿琴叫医生，医生说：他醒了！

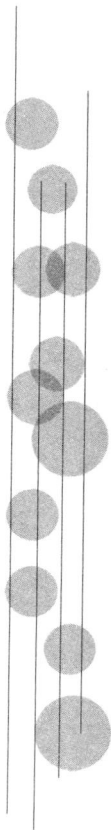

寻找配型

就在苏沐仕途上一帆风顺又将被提拔的时候，一个意想不到的近乎灭顶的大灾难降落到他的头上，就读大学二年级体魄一向健壮的独子苏松，因眼睛鼻子出血不止被送进所就读医学院附属医院的重症特护病房抢救，初步的医事鉴定已经出来，儿子血液的造血功能上出了非常严重的问题，属再生障碍性的，稍有点医学常识的人都知道，这是绝症。除非进行干细胞移植，这是唯一的一线生机。

苏沐跟负责儿子抢救的专家柳教授说，就是卖房子也要把儿子救过来。柳教授说，钱还是其次，关键的是寻找配型。为了寻找相合的 HLV，苏沐夫妇先做了配型，然比对有差异。于是苏沐开出了一张几乎囊括所有血缘关系的人的名单，又放下局长架子亲自打电话一一求助，不多时，搜集到的血样一批又一批星夜送来省城，然所有的比对结果均让人失望。同时又搜寻中国造血干细胞库。结果，仍是无一能相配。

一时无计可施的苏沐，只能通过几家省内外有影响的媒体，悬赏寻找志愿者。同时为了筹集资金，苏沐又托人把好几年前妻子出面买地自己造的别墅低价出让了。令人心焦的是不管他想了多少办法，寻了多少志愿者，配型还是无法寻到。

然就在苏沐夫妇急得走投无路的时候，一份从乡下由神秘人物送来的神秘血样却给他们带来了惊天般的大喜，配型找到了！只是这份神秘的血样，没有提供任何志愿者的个人资料，只留下了一个神秘送血样人的手机号码。苏沐接通了那个号码，那是一个有点稚嫩的大男孩的声音。

苏沐尽量使自己保持平静，说，谢谢，你送来的血样配型完全相合，我们全家在表示非常感激的同时，也会在经济上给你最大的补偿。对方没有应声。苏沐想了想又说，我们已经把别墅卖了，钱如果不够，我们平时还有点积蓄，我会另外考虑，再多给你一些补偿，你说个数吧?！对

方开口了，说，我不需要你一分钱。苏沐疑惑了，即问，你要怎样的补偿，只要我能办到的，只要不违法，我都可以全部答应你。

对方说：你只要来见一个人。苏沐一愣，问，谁?！对方说，只要你过来，见了自然就知道了！苏沐疑惑着问，你在哪里?！对方说，陈墩镇！

苏沐愣住了，那是他大学毕业后工作过的地方，那里有他爱情的第一次经历、人生的第一次无奈，以及他这一生中最大的隐秘与苦楚。更是他这么多年来一直想去然始终不能够去的地方。

半晌，苏沐说，容我想想，请你等我的电话。说罢，断了线。两难的选择，让苏沐局长一夜之间急白了半边头发。他已经非常清楚电话中神秘的大男孩是谁了。世界上不会有如此多的巧合，一定是她瞒着他留下来的他们苦楚爱情的结晶。如果是，那他应该比儿子苏松大一岁。那是二十四年前，急于想离开贫困老家的苏沐，大学毕业后随着同班同学的她，通过她舅舅的关系到了她苏南老家陈墩镇，她舅舅在镇上当着分管教育的副镇长，他俩一同在镇上的中学里任教，她并不漂亮，但她善良，对他很痴心，这让他别无选择。可就在他们即将谈婚论嫁的时候，一个重大的人生变故，让他离开了古镇，离开了学校，离开了她。因为他的几篇教育论文相继在好几家权威教育杂志和大学学报上发表，另有一篇还获得了全国教育论文征文仅有的一等奖，于是被县教育局局长钦点抽调入教研室从事全县的学科教育研究与指导工作，不多时，便要把自己的独生女儿许配给他。这让感恩于教育局长的苏沐无所适从，然最终还是选择了后者。这二十多年来，顺风顺水的仕途，也验证了苏沐当初的人生选择，随着岳父职务的升迁，他也从县教育局的教研员，升为科长、副局长、局长，一直升至到市教育局的副局长、局长。几乎是每两三年一大步。然而，这些年中，他不敢面对媒体，不敢面对镜头，他心虚，他害怕那双纯净得如水一般的眼睛。

挂了电话后，苏沐迟疑再三，便跟平时很信任的局办主任悄悄地通了个电话。让他私下里打听一个人和家庭的情况。不多久，局办主任的反馈电话来了，说陈墩镇中学确有一个叫刘丽宏的女教师，单身，有一个儿子，二十来岁，刘丽宏前几年动了两次大手术，眼下又复发了，正在镇医院里，情况非常不好。

苏沐决定无论如何要去陈墩镇一趟。临走之前，苏沐故作平静地跟

妻子说，为了救儿子，我要去见一个人，一个也危在旦夕的人，去陈墩镇。此一去，我也许从此当不成我的局长，我们的婚姻也有可能走到尽头，但我不能一生中犯同样的两次错误。

妻子也平静地说，你不要多说了，该知道的其实我早就知道了。如果需要，我可以陪你一起去！

守 桥

　　残腿人李二守的桥叫万年桥，架在斜黄村跟陈墩镇的乡道上。万年桥是先前修乡道时乡里人集资造的。造桥时，李二还不是残腿人，只是家里穷出不了资，便以工代资，不料想扛石头的时候不小心压残了腿成了残腿人。成了残腿人的李二没有懊悔，他一直把修桥铺路看作是行大善的事。乡里通路是大事，他李二伤了腿自然只是小事。

　　没料想，桥才通了两年，上面交通的技术人员下来普查时竟然说这桥是危桥，没有专门的设计，施工也是用的土办法，只能通小车，绝对不能通大车。交通上吃技术饭的人都挺较劲的，跟市里说，跟镇里说。镇干部心里没底，生怕出事，便让人给桥做了限高和限重的栏杆，还让村里出人守桥。钱当然是镇上出的。只是这钱实在少得可怜，一般人谁都不肯揽这吃力不讨好的活。

　　李二愿意。一则，李二家离桥近，也好照应；再则，李二残了一条腿，做其他活也没人要。跟李二一起守桥的是养鸭人老关。老关本来年纪大了，养不动鸭了，正好在家闲着，闲着也是闲着，守桥呢，还多几个活络钱。老关也就来了。

　　李二跟老关，像人家工厂保安一样两班倒。村里呢，也挺关心他俩，在桥边给他们建了一个小窝棚，避风挡雨打个盹啥的，也好有个去处。

　　两人都挺本心，把桥守得严严实实，从来没有啥险事。这让镇干部挺感动，一回，镇干部下乡经过万年桥时，专门下车跟正在守桥的李二握了手。年底的时候，镇上还专门给李二和老关一人发了一张奖状和几百块奖励。这让李二和老关很开心，开心得几个夜里都没睡安稳。

　　过了好几年，镇上和村里的干部换了一茬又一茬，新来的干部不知道镇上还给乡道上的两个守桥人开着工资。终于有一天，李二和老关都没按时领到工资。

老关到村里问工资的事，村干部说，镇上没有发下来，村里也没办法。没有工资，老关自然不愿守了。

老关走了，那桥便只有李二一个人守，白天连着晚上，李二只能一天到晚吃住在桥边的窝棚里。李二也到村里去问工资的事。村干部说镇上不发了村上也没办法，倒是村干部帮他出主意，说桥边有些荒了的坡地，你就开了种些啥，就算贴补你的工资。李二想想实在没啥好法子，也就回到桥边，边守桥，边开荒种地。

一晃好多日子又过去了，万年桥一直太平无事。

有一天，镇上好多干部陪新来的镇干部下乡检查工作。新来的镇干部突然发现万年桥边上有一座又破又旧的窝棚，一个残了腿的人在桥边种坡地，很恼火，然还是压住火叫来村里的干部，让他马上把窝棚拆了，坡地整了全部种上绿化。村干部想说些啥，然最终还是一句没说，照镇干部的吩咐做了。

窝棚拆了，李二没有吃住打盹的地方，实在没有办法，托人买了一顶旧的大遮阳伞，对付着。然天气一天天冷了，李二整天在寒冷的风雨中耗着，终于耗趴下了。发了几天几夜的高烧，昏昏沉沉地在家睡了好几天。

就在李二在家发高烧的时候，万年桥出了大事。一个在附近施工的自卸车司机见没人守桥，便驾车硬闯危桥，结果上面拉掉了限高栏杆，边上撞毁了桥栏，桥面也被压塌了一大块，自己只能仓皇中跳河逃命。

万年桥上出了这样的大事，镇上的干部自然慌了，紧急调动了好多人力物力抢救，才化险为夷。

为了不再出这样的大事，镇干部专门开会商定，招几个人守桥，白天晚上轮值，工资镇上开，为了能招到合适的守桥人，镇上开出的工资还是蛮吸引人的。

只是，这回没有轮到李二。村里把他报了上去，只是他残了一条腿，年龄又是最大的，在众多的应聘人中，他头一个被刷掉了。

再也不能守桥的李二，望着万年桥崭新的岗亭和身穿保安制服的守桥人，心里酸酸的。

换　画

　　陈墩镇是个旅游古镇，又是个远近闻名的书画之乡，乡人习书作画蔚然成风。凌站长自到镇文化站走马上任的第一天起，就盘算着筹办一个高规格的书画展。

　　新官上任的凌站长雄心勃勃，计划一俟拟定，便四处奔忙，筹资金，筹作品。他几乎跑遍了所有曾在陈墩镇呆过的能写会画者家的门槛，诚恳求赐书画。早年曾任镇长前不久在全国市长书法大赛中进入前十名的汪副市长家，他跑了一次又一次；李画师、萧书法家、宋篆刻家……一个也没落下。陈墩镇确实是个藏龙卧虎之地。

　　不几月，所求赐的作品逐一送来。没想到汪副市长的一幅隶书作品托人捎来后，送展的作品骤多，一下子超出了原征集范围，有自己专程送来的，也有托人捎来的，甚至好几位从没听说过能写会画的市、镇领导也都赐了墨宝，放在一起，好大一堆，凌站长高兴得快要疯了，当即给汪副市长写了封长信，对分管市长关心乡镇文化事业表示由衷的感谢。

　　展览就布置在雕花砖楼里，这楼是小镇的第一号旅游景点，老外也常光顾，故意义也非同小可。一堆书画，墙上满满地布了一周，一些无名小卒的习作，只能委屈了。

　　临开展，汪副市长正好检查工作来镇，过来看了一下展览筹备工作，没说什么，只是示意把自己的那幅隶书从首位往后挪挪，找了个角落说："就这儿！"结果把幅不知谁的书画换了过去。

　　汪副市长前脚走，凌站长的小学同学阿宜便来了。阿宜这几年搞广告绘画着实发了，在小镇也可算个人物，只是一直在外忙，今天才回家听说镇上办书画展，且有市领导参展，便随手取了张广告画就来了。只是听老同学说墙满了，就说："换一幅下来，我赞助你两万。"凌站长一听，心想好事尽成双来，一高兴便说："换吧，只在不动头头们的，哪一

幅都成！"阿宜一瞥首位，指着才换过去的那幅说："就这！我再加一万。"凌站长马上应诺，叫人立马把那画换下来，搁在了一边。

一切就绪，书画展如期开展。汪副市长脱身公务也来参加开展仪式。简约的开展仪式上，汪副市长作简短的讲话，他说："今天，借陈墩镇书画展的机会，向大家介绍我们的前辈马老，马老是我的老师，在乡下小学任教四十多年，培养了不少有出息的书画人才，现在退休在家，悉心研习书画技法，有很深的造诣，我把他请来，只是想告诉大家，马老不仅教会我们书画，更教会我们怎样做人。今天我要让马老来个小小的惊喜。"说着，马老由汪副市长扶着被人簇拥着步入展厅。汪副市长边走边对马老说："您这边来。"说话间便来到展览的首位前，抬头一瞧，众人诧异，不知市长何以推崇一幅创意平平却充满诱惑的浴露广告画。

马老一见笑了，说："有意思，真有意思！"说着一幅幅看了下去，遇佳作驻步端详一番……汪副市长抽身过来冷着脸问凌站长："那广告画换下来的画哪？"凌站长情知不妙，慌忙从一边的废画堆上找出那画。汪副市长接过画，说："你可知这是马老的一番苦心啊?!"说着展画，只见画面上只几枝生机盎然的腊梅，淡淡地渲以洁白的积雪，洁净无瑕，梅香似飘然欲出。落款：不惊斋主人八十五岁拙笔赠学生磬以勉。

凌站长暗暗叫苦：不惊斋主人虽不知何人，然汪副市长分明名叫磬。只这画怎么送来的，他却全然不知。

亮亮的家

　　男人在村小代了几年课后，没课代了，男人一家的日子过得紧巴巴的。日子过得紧巴巴的男人跟女人说，不如我们带着娃走出大山，也许有些好日子过。

　　就这样女人跟着男人带着七岁的男娃走出了大山，随着东进的火车来到了繁华的江南，来到了陈墩镇。男人读报时知道，江南社队办企业兴旺，也许能找到工作。

　　打工的日子并不好过，夫妻俩白日黑夜在一个陈墩镇上做，去掉吃住，日子仍过得紧巴巴的。

　　有一回，男人跟车进城卸货，回来说，我们还是进城吧，也许机会多些。

　　进了城，男人看到了自己的机会，在眼镜厂打过工的男人觉得眼镜在城里也许好卖。于是做了只扁平的大木板盒子，合起来能背身上，摊开来就是一个小眼镜铺面。很便宜地卖些社队办厂质量检验剔出来的有些瑕疵的眼镜，生意倒也挺好的。女人也看到了自己的机会。在服装厂打工的女人，竟然在城里看到了好些被人丢弃的布角废料。旺街是麓城里正在形成的一条服装街，全部是前店铺后加工厂，是附近几个省的服装采购基地。密集的服装商铺和加工厂，为沿街的垃圾桶带来了源源不断的布角废料，好的已经被回收，稍次的也被人收购了，这些是最次的。即使很次，但仍可换钱。更何况满街的人都忙着做生意，这个机会谁也不屑一顾。最开心的是七岁的娃也看到了机会，满街都是塑料饮料瓶，拾了也能卖钱。

　　男人在旺街边上的小区里租了一个车库，一家人的日子过得忙碌而又滋润。

　　一天中午，男人做成了好几宗买卖，心境好，便买了一大包肉包子。

满街找女人跟娃，找着女人再找娃。可找来找去，没娃的影子。女人说，娃刚才还在旺街口呢。挨个问街口扫地和做小生意的人，谁都说不知道。只有一个半瘫的老者用含糊不清的话告诉他们，几个小孩追运垃圾车去了。于是，男人跟女人，轮番坐在街口等娃。一直等到天黑路灯亮了，仍不见娃的影子。男人焦虑，女人哭。哭，那个伤心劲，路人见了都抹眼泪。就这样一等等了几天。女人等，男人找。找遍所有该找的地方，想遍所有该想的法子，但仍不见娃的影子。男人女人有点绝望了。

男人跟女人说，娃应该是认得回来的路的，我们只要死守着这街口，娃一定会回来的。

男人跟女人轮番守着街口，一守就是二十多年。这二十多年，街口的变化实在是惊人的大，楼越造越多越造越高，商铺越做越旺。男人呢，从租街口弄堂口亭子间到租商店的铺面，到自己开店，再到自己买店面，生意越做越大，竟然做成了麓城最大的眼镜商场，拥有好几家连锁店。而女人呢，从拣废布角料开始，进入废旧品收购行业，渐渐做大，垄断了整个街区的布角料回收业务，在郊区买了一大片筑路挖土废弃的低洼地，回填了一些建筑垃圾，搭了一些窝棚，做成了附近最大的垃圾王。公司总部就设在旺街口。

为等娃，男人跟女人，把做生意只看作是等娃的一种方式，不以赚钱为目的，只不亏就可以，不料想，这样做生意倒赢得了声誉，生意竟然越做越大。

为等娃，男人跟女人，特同情带着娃进城找工作的夫妻，几乎是有求必应。这二十多年中，男人跟女人不知招了多少对带娃的夫妻，真心待他们，还资助他们的孩子读书，每年年底，男人跟女人都要给那些读书读得好的娃发奖金，一发几千几万。每当这时，男人跟女人总是满脸的灿烂。这些人渐渐成了骨干，掏心为企业做事。后来，政府搞城乡统筹建设，要动用女人的废品基地，由开发商在那地上建一个商品住宅小区。女人当年的投入也得到了较大的回报。

为等娃，男人跟女人把所有能聚集的资金都聚集了起来，还跟银行贷了一些款，把旺街口新建的一栋十五层的商业写字楼买了下来。下面五层做了商场，男人跟女人自己经营，商场取名"亮亮的家"。商场里到处悬挂着娃当年的大幅照片。商场里也收了好些小时候跟爹娘走丢的员工。

有一回，商场里来了一对带着一个男娃的小夫妻。小伙子看着满商场的大照片瞪大了眼睛非常诧异地跟自己的媳妇和娃说，这些都是我小时候的照片。

这小伙子，原先在村小做了一阵子代课老师，没课代后，一家日子过得紧巴巴的。小伙子就跟自己的媳妇说，不如我们带着娃走出大山，当年自己的爹也这样带着他们走出大山的。

就这样媳妇跟着小伙子带着七岁的男娃走出了大山，随着依稀的记忆来到了繁华的江南，找到了当年曾捡过塑料瓶的旺街口。

见小伙子带的娃特像照片上的娃，商场里的员工叫来了男人和女人。男人和女人见了娃就叫亮亮。小伙子夫妻特惊讶，问，你们怎么知道娃叫亮亮？男人和女人说，我们的娃就叫亮亮。小伙子说，我小时候就叫亮亮，但领养我的爹娘不让我叫亮亮。

男人和女人问，你还记得你自己的爹娘叫啥？小伙子说了，正是男人和女人的大名。男人和女人哭了，说，娃，你终于回来了，你看，这是你的家呀！

小伙子抬头看，巨大的"亮亮之家"光彩夺目。

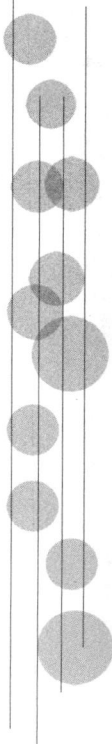

蟹 蝴 蝶

顾顺很小时就没了娘。没了娘的顾顺原本是住在银泾村的，读小学二年级的时候，顾顺爹把家搬到了陈墩镇，顾顺便开始在镇上的中心学校读书，这让村里的孩子们都挺羡慕。可谁知道就为这，顾顺爹花掉了所有的钱，还跟人家借了一些，说好待秋后蟹季时捉了蟹卖了还人家。

顾顺的爹只是个捉蟹人，没有读过一天书，大字不认识一个。靠捉蟹为生的顾顺爹，在村里也不是个挺有能耐的人，他只会在村头做个蟹簖，死死地守着，靠运气捉些蟹卖些钱。捉蟹是有季节的，也就深秋初冬一段时间，其他时间也常常白耗着。那些年，蟹不怎么值钱，河里自己长的蟹也不是很多，捉蟹赚钱其实也赚不了多少钱。为花好多钱搬镇上住这事，村里人大多笑话顾顺的爹。镇上没有赚钱的行生，捉蟹还得回村上，这样十来里路来回折腾，村里人都说顾顺爹实在犯不着。

顾顺在镇上读书，同学就不是村上原先的那些同学了，有公社书记的女儿，有镇农业银行行长的儿子，还有供销社主任的儿子，一般同学的爹娘都是在镇上这个或那个单位里领工资的。

顾顺在镇上读书其实也不怎么合群，总觉得没有跟村里的同学在一起来得自在。有些事，顾顺也总觉得心里挺憋屈的。

有一回，手工课的老师让学生们各自做一个手工作品，参加展览。顾顺不知做啥好，便回家缠着爹给想法子。顾顺爹没读过书，啥叫手工作品也不知道。不知道啥叫手工作品的顾顺爹便颠颠地跑了十来里路赶学校候着老师问了个明白，又颠颠地跑了十来里路赶回村头的蟹簖上，逮了一大一小两只公蟹，跟顾顺说，爹帮你做个好作品，老师同学肯定想不到的。

顾顺爹把一大一小两只公蟹煮了，美美地吃了蟹肉。平常里，顾顺爹捉蟹都是要卖钱的，这蟹是从来都舍不得自己吃的，为了做手工作品，顾顺爹让顾顺吃了一只从来没有吃过的大公蟹，顾顺开心得像过节一样。只是吃蟹前，顾顺爹小心翼翼地把一大一小两只公蟹两大两小四只螯给掰了下来，说待会做手工作品用的。

顾顺问："爹，为啥要一大一小呀？"

顾顺爹说："待会儿做出来你就晓得了。"就这样，顾顺爹让顾顺先把大蟹吃了下去。

吃了蟹，顾顺爹把螯洗了，又把螯掰开来。大的一爿螯有肉，还让顾顺吃了，小的一爿有长长尖尖的螯齿，浓浓的螯绒，还有一片像叶片一般的螯骨，白白的。

顾顺爹这才取过一片小木板，把小的一爿螯骨合在一起，靠螯绒粘在木板上，问："这是什么？"

顾顺惊喜地说："这是蝴蝶，一大一小两只蝴蝶，大的是爹，小的是我。"

顾顺爹开心地笑了。

第二天，顾顺便把蟹蝴蝶交给了老师。只是当老师把顾顺的蟹蝴蝶拿出来展览的时候同学们都笑了，有的竟然捂着肚子挺夸张地笑，这让顾顺觉得挺难受的。后来，呆在一边的顾顺冷眼里看同学们交的手工作品眼都傻了，人家都是什么汽车呀飞机呀轮船呀什么的模型，跟真的一样，有的还能自己跑。顾顺真的恨不得找一条地缝钻进去。

自这以后，顾顺变得很孤僻，平时很少跟同学们说话，他只是默默地发誓一定要读很多很多的书，赚很多很多的钱，也能买汽车飞机轮船什么的。

后来，顾顺真的读了很多书，不只在国内读，还读到了国外。顾顺爹就靠捉蟹供他读书。开始给他寄人民币，后来便一直寄美金。只是，过了没几年，野生的蟹捉不到了，顾顺爹便开始专门到乡下养蟹的人家收了蟹再拿到镇上卖掉。

顾顺国外读书毕业后，就到了大上海做科研，开发了一些项目，赚了一些钱，买了汽车，乘飞机坐轮船是常有的事。

赚了钱的顾顺，想自己的爹一个人在镇上也挺孤单的，便接爹到城里住。

在城里住了几年，顾顺便发觉爹的异样来，不爱说话，还老忘事，有几回出去了竟找不到回家的路。陪爹医院里一瞧，医生说，大脑萎缩，是属于老年性的不可逆转的那一种。

过了几年，爹的脑萎缩愈发厉害，弄得啥也不知道了，每天都只独自怔怔地一个人发呆，一出门就把自己给丢了。

顾顺没法，只能把爹送进了康复医院，忙里偷闲，时常去医院瞧瞧爹。

有一回，顾顺去看爹，见爹神色还好，便问："老爸，想吃点啥呀？"

顾顺爹说："蟹！"

顾顺一听挺高兴的，专门放下手上的事开车去淀泖湖边买了好多最大最好的螃蟹，请人煮熟了，带医院让爹吃。医院里护士见了，马上指责起来，说你爹胃不好，关节也不好，你弄了这么多蟹来，不是要你爹的老命呀！顾顺这才知道，蟹虽说是美食中的佳品却寒性很重，体弱多病的爹已经不能碰了，哪怕一丁点。而爹却一直嘴里喃喃着"蟹，蟹"，这让顾顺不知如何是好。

无计可施的顾顺只能找来一片厚纸板，把所有煮熟的蟹的螯都卸下掰开来，小心翼翼地粘了一个又一个蟹蝴蝶，晾干了，递给爹。

顾顺爹拿着满纸板的蟹蝴蝶，眼中泛着似乎明亮的神情，嘴里不住地说：

"蟹蝴蝶，蟹蝴蝶飞了，蟹蝴蝶飞了。"

复　仇

循规蹈矩、卧薪尝胆，挨过一个又一个寂寞难熬的年头，几次减刑，阿沧终于盼到了重获自由的那天。重又呼吸到陈墩镇那湿润的空气，重又感受到陈墩镇那昔日的温馨，阿沧深埋在心底的复仇的烈焰开始复燃。

他操着暗器摸进了那条熟悉的弄堂和那个熟悉的石库门，去寻找那四千多个日日夜夜里一直铭记着的仇人阿四的影子，然石库门内早星移物换。小心探问石库门里的新住家，新住家带着疑惑不耐烦地说：那阿四早在七八年前就进去了，他老婆、女儿都被他害惨了，这些事镇上人都知道，你是谁？！

阿沧只能凭着十几年前依稀的印象，再根据阿四老婆、女儿的年龄推算，开始满镇寻找阿四老婆、女儿的踪影。阿沧心不甘哪，那揪心的不堪回首的往事，那常人难以体味的十几年官司，要不是阿四暗中使坏害他，他也不会像今天这样，没了工作、老婆和房子。他知道自己已一文不值，但他早已一百万次地发誓，他一定要让阿四加倍地付出代价，作为他已付出的一切一切的加倍赔偿。

说实在的，阿沧也怀念昔日家的温馨，可这一切都被阿四给毁了。

终于，有一天，阿沧在小街上，突然看见像是一母一女两个相依相偎的身影，直觉让他非要正面看清她们的面貌，以证实他的猜想。然而，当他走过她们回身看时却惊呆了，竟是两副全被毁坏的可怕的面容。

事后，阿沧跟人打听，人家告诉他：是阿四又一次的造孽把他母女给害的。失去了娇好的面容，母女俩再也无法面对这个世界。但她们在别人的帮助下一次又一次地从绝望中挺了过来。女人本来就没什么固定的工作，为了整容，她们把仅有的早已破残的房子也给卖了。眼下，一个毁了容男人又正吃着官司的女人，带着一个同样失去欢颜的女儿，所苦苦支撑着的窘迫境地，让一心想着复仇的阿沧心软了、犹豫了。

终于，有一天，阿沧拿着自己做苦力所得的不多的钱，找到阿四老婆、女儿暂时栖身的灶屋，递给她们。

阿四老婆执意不肯收钱，阿沧说，这是我帮人干活挣的干净钱。

阿四老婆说，我不能拿你的钱，我认识你，你是阿四的仇人，你是这世界上唯一不会也不该帮助我们的人！因为你仇恨他！！

阿沧说，我跟阿四的仇，跟你们没关系。我跟你们没仇，我要让你们好好活着，我更要让阿四好好地看看。

自此，阿沧为了维持三个人的生计，苦苦撑起了一个修车摊。阿四老婆、女儿在阿沧的接济下，活得好好的，后来又干脆搬进了阿沧租的房子。那两张扭曲的可怕的脸上终于有了令人难以置信的笑容。

几年后，阿四的女儿终于以不错的成绩从中技毕业，在镇上找到了一份能自食其力的工作。一次次的整容手术，也让镇上人不怎么在乎她们的面容，她们的善良也让镇上人能够平等地接纳她们。她们也常常出现在阿沧的修车摊前，为他送饭送菜，以至镇上人几乎都把他们当作本来就是的一个和美家庭，似乎早就忘却了还有个叫阿四的人存在。

又几年后的一天，镇上人突然一阵恐慌，都在传说着阿四回来了。

一天傍晚，阿四终于怀着极度仇恨的目光像幽灵一样出现在阿沧和自己老婆女儿面前，那手中分明是一把明晃晃的菜刀。

阿沧很平静，说：我局子里出来的那天，就在等你，看今天谁把谁剁成肉酱。可是今天，你已不值得我仇恨，说到底，你不配！

阿四老婆突然跳起来歇斯底里地叫：你砍吧，你先砍我，我在你眼中，早什么都不是了。你砍吧，你砍吧！叫着，狠命冲撞过去。

阿四的女儿待明白过来的时候，竟挺着胸用瘦弱的身躯挡在阿沧前冷冷地说，有本事你连你亲生女儿一起砍，我和妈早死过好几回了，我死，做鬼也缠死你。阿沧伯伯是天底下最大的好人，而你是人渣，粪土不值，我看不起你！

阿四害怕了，半晌，一挥菜刀，剁下了自己两根指头，回头走了。

阿四至今再也没有回过陈墩镇。

绑 票

诸家是陈墩镇上排得上名的殷实大户，祖上中举、做官多人，到了一九四二年，诸家已有良田百亩，布庄南货店多家，全家老小过着富足安舒的日子。

陈墩镇地处江浙沪三省市交界，四十年代，正值兵荒马乱的时期，湖匪猖獗。偷盗抢劫杀人越货，时常不断，一时内忧外患，百姓生活苦不堪言。诸家自然也加强防范，加固院墙，雇用家丁，还派人出义工值更。

然百密终有一疏，某日，诸家一对十三岁的龙凤胎在上学时不见了踪影。

一直到傍晚时分，才有人在诸记南货店门口发现了一个小竹篮，篮里放着一只血淋淋的断手掌和一封要挟信。南货店里的伙计见状急去诸家报告。

诸家撑门面的是诸元朝，也就是双胞胎的爷爷。

诸元朝取过竹篮一看，心为之一紧，他认得，那断掌是常负责护送双胞胎上学的家丁阿四的左手，急急取过要挟信一看，那信证实诸家那对心肝宝贝龙凤胎已被歹徒绑票，光天化日之下，连同贴身护送有些武功的阿四一起绑走，足见对方并非等闲之辈。要挟信上要诸家速筹现大洋三千，否则每日送上手或足一只。第二日，果真在布庄边的小弄堂里发现了另一只断手掌和第二封要挟信，信上要诸家把现大洋三千元在当天傍晚时分放在淀山湖边的三叉港口点着桅灯的小扎篷船上，放上现大洋后，解开缆绳让其一路顺风飘移。

三千现大洋，对于诸家来说，也是个撑破天的大数目。搜遍了全家各店各房，一日之间也只筹了一千大洋，无奈之际，只能依绑匪所要求的先把一千现洋放在小扎篷船上，任风飘走。现大洋里自然还附了一封

请求宽限的书信，诸元朝在信中坚称，即使卖田卖店卖房，也一定会筹上大洋三千，只是容对方宽限几天，并力保双胞胎平安，且留下家丁阿四性命。

第三日，深晚，黑灯瞎火中，诸家正在惴惴不安的焦虑等待之中，园丁又在院中捡到一枚飞射而来的箭，箭身上绑着第三封要挟信，要挟信上要诸家依老法子日送一千现洋，限时三日，否则撕票。

诸家无奈，只能四处求人卖田地卖店铺卖房产，然镇上大户人家，一是怕露富也同遭厄运，二是兵荒马乱之际，也实在无人有添置田产家业的心思，故诸元朝跑遍了镇上所有的有钱人家，筹钱之事屡屡碰壁，只借得少许现大洋，也只是杯水车薪。唯有开药铺的田老板，答应帮诸家一把，只是条件相当苛刻，一大沓田契，几乎是白送，只换了一千多现大洋，但这对于诸家来说已是救命稻草。

药铺田老板，其实也是近年中才来小镇落脚的外来户，人家有多大背景，有多大实力，诸家一无所知。只是田老板答应，可以通过生意上的朋友，帮诸家筹钱，条件是诸家一定要给田契、房契。

于是，紧接着的两天中，诸家又一大沓田契房契，变成了现大洋，再一次依老法子送进淀山湖。如此这般，诸家开始生疑，在送出的现大洋上，秘密做上记号，结果果真在田老板处第二次拿到的现大洋中，发现了这些秘密的记号。然时已至此，诸家已变卖了家中几乎所有的房产、田产，只留下一处祖传的老屋和一些祖上传下的古玩字画。所幸的是绑匪最终还是信守诺言放回了诸家那对龙凤胎和业已双臂残缺的家丁阿四，问起绑票的细节，三人懵懂中只记得路上僻静处被人蒙了嘴鼻，后来一直晕睡着。

诸家想报官，但想想整个绑票过程中，并无真凭实据，镇上有被绑票而报官的，但谁也奈何不得这些穷凶极恶的绑匪。只是只几天之间，诸家从一个殷实家庭沦为平常人家，全家老小只能是欲哭无泪。为从长计议，诸家青壮年中有的出外谋生，有的出外读书，家丁、伙计抹着泪，念着东家的好各奔东西。

自诸家沦为平常人家后，靠变卖仅有的一些古玩字画苦苦度日，然时下局势紧张，诸家老小也开始遍尝普通百姓在那些困苦日子里所经历的百般辛酸与苦难。尤其那对龙凤胎，缺少了殷实家庭的呵护，也和穷苦人家的孩子一般，早早地懂了事，更因为家里为了解救他们而耗尽了家财，愈发使他们早早地成熟。不几年，便出外学徒做工开始自食其力，稍有节余，总不忘往家捎些钱物，虽少得可怜，但也足见双胞胎的一番孝心。

与此同时，药铺田老板，几乎一夜之间成为陈墩镇上的首富，不几年，便有了田地数百亩，店铺也盘到了好几十家，妻妾成群，武装家丁，前呼后拥，在陈墩镇上更是翻手为云，覆手为雨。

然到了一九四九年三月，陈墩镇解放，不可一世的田老板被定为恶霸地主，被人民政府公审后枪决了。枪决的那天，正下着大雨，诸家全家老小相拥着早早地去候着，默默地看着田老板扑倒在污泥水里的样子，觉得很解气。

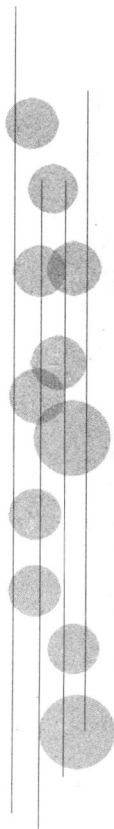

古樟神树

陈墩镇乡下金泾村头有一棵古樟树，树冠巨大，枝叶繁茂，据说是村里童姓的先祖从遥远的北方迁徙过来在荒芜着的湖边落脚时种植的，村子还是树种下以后才慢慢形成的，距今已有一千多年。

这古樟树，在淀泖湖畔几十里间，乡人一向尊奉其为神树，一是这古樟树历时千余年，数遭劫难，遭雷击，遇天火，数度几近枯死，然此树虽伤痕累累，但枝叶仍然繁茂；二是乡里人都说这古樟树似乎很通人性，树视民生哀乐而衰兴，凡遇兵荒马乱年代，古樟树就会呈枯竭之状，然转逢太平盛世，树体便会起死复生，即使早已枯竭的树枝，也会重绽新绿。因古樟树之神奇，四处乡人视作神灵，求神灵保佑者众，以致古樟树下，香火不断，先是有人筑坛焚香，再后就是乡人筹资筑庙，庙虽多次被毁，而树却历千年不死。

到了上个世纪三四十年代，古樟树更是历经劫难。只是奇怪的是，虽说兵荒马乱的，湖匪猖獗，尤后来倭寇入侵，小鬼子常常开着快艇四处下乡烧杀、民不聊生，而古樟树反而比以前更枝繁叶茂了，乡里人私下都说神树显灵了，倭寇的气数也将尽了，小鬼子要完蛋了，于是，烧香祈求神灵保佑的乡人愈来愈多。盘踞在镇上的倭寇，因为下乡扫荡屡次遭遇武装民团的抵抗，便觉有人在借神树蛊惑乡人，于是，急剧抽调兵力，扬言要铲平金泾村的古樟神树。

可没待倭寇来，一帮蒙面湖匪却持械杀入金泾村。那日，正逢金泾村初一的盛大庙会，四乡里先来的香客，已聚在村头古樟树下，未来的也在路上赶着过来。村头庙前已经人头攒动，香气缭绕。

那伙蒙面湖匪是从淀泖湖上的船上径直冲上岸的，一字儿排开，个个手里端着土铳、斧子和火把。

一匪朝天放了一铳，那是一支特大号的铳，铳的威力足以放倒一头

剽悍的野猪。那天，可能是铳里填的火药特多，那铳一放，把树下赶庙会的几百来号人都给震慑住了。这哪里是铳，分明是一架土炮，铳响似震雷，铳响的同时，树头便硝烟弥漫开来，杀气顿生。

另一蒙面湖匪狂叫：不想活命的，上来呀！

见这架势，四乡里来赶庙会的乡人和村里人全都向村里街巷退缩，有胆怯的转眼间没了身影。

过了半晌，村里有人出来说话，说是族长年岁已高腿脚不便，各位湖侠亲临穷乡僻村，有啥吩咐，尽管明言，只是难得的庙会，请湖侠高抬贵手，一是不惊扰乡里村民，二是也恳请不要惊扰了土地诸神。

湖匪扬言：少废话，我们来只为砍妖树！

一听砍树，村民和赶庙会的香客全都一迭声哀求：大侠开恩，惹怒神灵的事是万万使不得的。

也有心诚的竟然失声跪地长号：大侠开恩，大侠开恩啊！

然大多的村民和赶庙会的香客都知道，这其实是在讹诈。他们知道这是湖匪惯用的伎俩，他们冲古樟神树来的真正目的，是讹诈村民，以得到他们想要的钱财。只奇怪的是，往常湖匪虽嚣张，然也怕岸上村民人多势众，只是把船泊在湖边近岸的水面上，然后放铳威胁，把讹诈信绑在箭上，射到岸上，如村人不答应他们，他们也只是跟村人死缠，反正他们赖在湖上进退自如。而这回，这帮蒙面湖匪，似乎来了蛮的，尽管他们人数上仍处于绝对的劣势，但他们靠着蛮狠的杀气，在气势上占了上风。

族长代表说：给你们二十担大米、五百块大洋，求你们放古樟一条生路。

湖匪不允，说你是想打发叫花子啊，没门。

族长代表无奈只能加码，但湖匪仍不让步。

最后，湖面终于摔出了一个天大的数字，说就这个树，少一分也不行。这把村里人都惊呆了，他们知道，即使全村人几年不吃不喝，也筹不出这么一大笔粮食和钱财。

匪首恼了，狂叫，不交就砍树，就烧树，众匪徒就有拆柴堆、搬树枝柴草的，在树下架起了柴堆，匪首又从一匪徒手中取过一斧，抢起斧子就朝古樟树树干上砍了下去，还高叫：点火！快点火！！

四周一片骚动，有刚强的汉子，手持扁担想冲出去拼命，但湖匪手

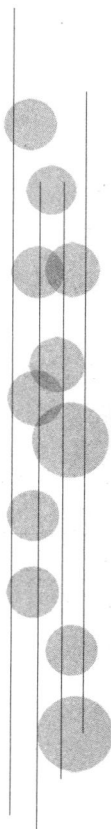

中端着的铳齐刷刷地压着村民，剑拔弩张，情势危急，就在此时，却只见砍树的匪首只砍了两下树干，自己却一个激灵，满嘴鲜血喷涌，跌扑倒地，继而抽搐几下，几乎在瞬间之际，七窍出血，气绝而亡。

湖匪见状，慌了神，架起匪首，一步步退回匪船，而众村人与香客见状，群情激奋，有人高呼：神树显灵啦！话音未落，众人齐刷刷跪伏在地，呜咽声不绝。

湖匪转眼间驾船而逃，村人们哭声一片。

也许是匪首砍古樟神树惹怒神灵而七窍喷血的消息，不胫而走，几天后，倭寇在镇上集聚的兵艇也散去了，倭寇前些日子扬言要铲平金泾村古樟神树，这几天后随着倭寇集聚兵艇的散去也就不了了之了，之后，倭寇进湖扫荡似乎也多加了十二分的小心。

没过两年，倭寇败了，金泾村又重归太平，只是古樟神树边多了一个纪念亭，中间立了块碑，上书：农历某年某月某日，村民童某，为保古樟神树不被倭寇凌辱，为保金泾村全村百姓平安，服剧毒造七窍出血之惨状于神树前，其护神树之神气，可歌可泣。农历某年某月某日，村人筹资建此亭立此碑，以示永久纪念。

踏　船

上个世纪四十年代，江南水乡淀泖湖一带小鬼子、汉奸猖獗，船家遭难受罪的不少。小鬼子最害人的是踏船。啥叫踏船？说是征用船舶，其实就是抢船。船家被小鬼子踏了船，往往是凶多吉少，若是他们只是把船毁了还是小事，好多船家往往是有去无回，船毁人亡。而那些熟悉水路的狗腿子，充当着小鬼子踏船时的帮凶。

冯家航船是这淀泖湖一带最有名望的航船班子，跑的是陈墩镇到鹿城的水路。那航船双樯、双橹，还配有纤绳，虽吃水深、货舱大，跑得还是比一般的船快。船头还专门设了雅舱，供来去鹿城的客人享用。据说，那船还是冯家祖上传下来的，传了五六十年，虽说是条老船，然年年春上总要上岸整修一番抹一遍桐油，弄得那船少有地结实。然就是这么一条挺张扬的航船，也被小鬼子踏了。小鬼子踏船时，冯家船老大正掌着舵，樯工阿土自恃身高马大，操着船篙与小鬼子对峙，结果被小鬼子挥起一刀砍了一手，冯家船老大受了惊吓，脑子顿时出了些毛病，被人拖回家后整天就呆呆的一句话：那些歹人邪乎呀！

大河说，我就不信那个邪！大河是冯家船老大的儿子。

大河跟航船上原先的帮工狗来子、阿平、阿路他们说，你们谁敢跟我摇航船去？几个人都说敢。狗来子他们原本一直就是靠摇航船来养家糊口的，自从冯家丢了航船，便断了工钱，几家老小眼看着就要挨饿喝西北风了。

于是，大河吩咐众人背着炒米粉做的干粮，沿着淀泖湖去找被小鬼子踏去的航船。花了整整一个多月的日子，几乎走遍了东淀泖湖一带所有的河湾和芦苇荡，大河他们终于在一处满是芦苇的河湾里找到了已经被小鬼子毁坏了的航船。大河就地请了一些匠人，买了一些木材、铁钉、麻丝和桐油，把残船从河湾里打捞出来，又足足花了三个月时间，重新

把航船整修了一遍。这么一个折腾，大河几乎花去了家里所有的银两。

当修葺一新的航船重新跑在陈墩镇到鹿城水路上的时候，镇上一些有脸面的人家都来道贺，贺大河做了新航船的新老大。那年，大河二十二岁。

新航船，更张扬，船帆是新的，老远看去白亮亮的。船身重新抹了桐油，乌亮亮的。陈墩镇人都说，只有这冯家班航船摇起来了，这心里才踏实。

因为有小鬼子，这些年，水路里的船很少，冯家航船跑在水路里更是显眼。镇上有几家胆大的南北货店铺老板，冒着险托冯家航船捎货进城、进货回镇。也许是奇货可居，那几家店铺的生意因此一下子显得特别的红火。

如此半年有余，倒也太平无事。一直到了这年初冬的一个早上，正逢逆水，航船正被狗来子他们用纤绳拉着，刚好到铁路大桥下，竟然被早就守候在此的两个操匣子枪的便衣拦住了。

便衣把匣子枪一挥，冲狗来子他们喊，小子，这船我们踏了。

狗来子他们是经历过踏船的，眼看不妙，一个个丢下纤绳板跑得比兔子还快。便衣去追，可他们只一眨眼间便跑得没影了。只有大河在船艄上掌舵，无法逃脱，何况他心疼自己新修的航船，绝对不会轻易弃船逃跑。

便衣只能自己做了纤夫，背纤拉着航船，拉进了离铁路大桥不远的一个河湾。树丛隐蔽处正堆放着好些木箱，像是从铁路线上卸下来的货。大河细细一瞧，吃了一吓，两个日本小鬼子正揣着上了刺刀的长枪猫在树丛里。

航船傍了岸，几乎花了大半天的时间，那两个便衣才把所有的木箱搬上了航船，自然他们也没放过大河。航舱里堆了这些重货，吃水一下子深了。航船重新起航后，大河仍掌着舵，还是逆水，两个便衣仍上岸拉纤，身子像狗一样曲着。一直到进了淀泖湖后，大河才树起了樯子，扯起了白帆。

那些小鬼子和便衣到了这时似乎觉得不会有事了，留一个看着大河，其余的分头蜷缩在船舱里避那刺骨的寒风。一直到傍晚时分，航船才在那个便衣的指点下朝一处芦苇掩映着的河湾驶去。

风又劲又寒，特别刺骨。

　　大河让那个便衣代掌着舵，自己则不紧不慢地开始落帆，就在这时船身突然一个颠簸，蓦然间，前舱和中舱竟然有浪涌出，吃水本来就深的船身几乎在瞬息之间往水里沉了下去，只一会儿整个船身像被巨大的吸力吸住，一下子全部沉入水中，唯有樯子冒出水面，这时的大河已趁势攀上了樯子，待樯子晃动稍稳当些，便入水游进了一边茂密的芦苇荡，借着夜色逃回了家，且连夜带着家人逃离了陈墩镇。

　　事后，也出来逃荒的狗来子他们半道上遇见了大河。狗来子告诉大河，小老大，这回你把事情闹大了，那踏船的小鬼子和狗腿子只有一个捡了半条命，小鬼子还在到处抓你呢！说时，狗来子不解地问大河，老大，那船怎么会自己突然一下子沉下去的呢？大河说，你们没留意呀，我事先在修船的时候，让匠人做好了机关，那机关只消用力一踏，前舱跟中舱的活络船底就会一下子打开，那水就能把船灌沉。

　　那回以后，淀泖湖一带的航船好多改装了这样的机关，弄得那些小鬼子，轻易不敢踏船。

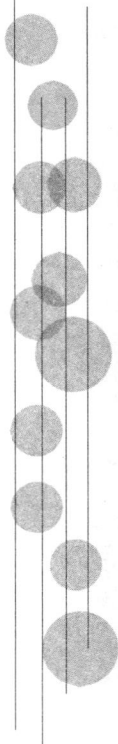

最后的影剧院

陈墩镇影剧院，是上个世纪五十年代镇上拆了镇西的全福寺盖的。地是寺的老宅基，梁是寺的老梁木，砖瓦也是寺的老砖瓦。全福寺是个老寺，很老，只是到了拆的时候，寺已经败落，有的屋子已经塌了。

全福寺成了影剧院后，陈墩镇人仍把影剧院唤作全福寺，到全福寺去看戏看电影，是镇上最奢华的生活，也是陈墩镇作为一个大镇有别于其他小镇的一个极其重要的标志。附近的村民把到陈墩镇全福寺看场电影，作为平生最大的乐事。影剧院不演戏、不放电影时，就说书，一回连着一回，听书人黑压压一片，说书竟也要架只喇叭，那阵势就连城里人也没见过。

全福寺成了影剧院后，老屋大多拆了，只是四周的院墙还是老的。高高的风火墙，老远就能看见。老墙有好几处塌了，便用塌的砖补砌上去，新砌地方低一些，也不像老墙那般疏松，这就让不想买票而又整日想着听书、看戏、看电影的小猢狲们钻了空子，只是爬墙的次数多了，把墙爬坏了，只能在修墙时又垒高了一些。还有一处可爬的，就是原来寺里的小砖塔，那砖塔在拆寺的时候，没一起被拆掉，嵌在了新建的影剧院里，砖塔有三层，每层上都有小窗，二楼上的小窗，正好做放电影的小孔，只是底楼和顶楼的小窗常被镇上的小猢狲们占用着。爬底层的窗比爬墙更省劲，而依着三楼的窗口看电影却更舒坦。那些窗口，堵了，没半天又被捅开。影剧院里管事的人少，自然顾头顾不了脚。

那些日子，常常放苏联电影《列宁在十月》、《列宁在一九一八》，已放了好多遍。朝鲜的《卖花姑娘》、南斯拉夫的《桥》也一遍遍地放。小猢狲天天晚上到影剧院，其实根本不是去看电影，而是专门去看外国人亲嘴。

小猢狲们闹影剧院是常有的事，有时闹得挺过分。镇派出所有时派

一个民警去维持秩序，结果连自己的帽子也被他们闹丢了，只见那帽子在影院里观众的人头上飞来飞去，闹得民警很恼火，说逮住了非让他吃半年官司，可就是逮不住。

好多人都说小炮山是闹事小猢狲的头，但小炮山不承认，说，小儿科，谁见我闹过？所有的人都说，这小炮山确实没碰过民警的帽子。

老院长被气得跑了，躲在家里闹起了长病假。新院长是在影剧院歇了半个月后才姗姗而来的，乘的是每日一趟的轮船航班。众人一见都失望了，新院长是个残臂的半老头，穿着早已褪色的黄军装，一副病恹恹的样子。烟吸得多，咳嗽得很厉害，似乎随时要背过气去一般。其实，镇上上了年岁的人都认得他，叫他阿天，对他都挺敬重的。小猢狲们似乎谁也没把他放在眼里，有几个小猢狲头天晚上就有意跟他过招。

可没想到的是这独臂阿天却是个挺鬼的人，头天晚上自己不收票，搁着个靠背凳子自个儿在那里漫不经心地喝茶，却让个细毛丫头收票，那丫头十五六岁的模样，人倒长得挺水灵的，只是个小刺毛，人碰不得，一碰就咿呀呀尖叫。细毛丫头收票，竟然做了第一道防线，独臂阿天，说是第二道防线，其实也只是个摆设。这晚，影剧院似乎从来没有这般太平过。买票看电影的，似乎也好长时间没这么舒坦地看电影了，自然把新院长再三称赞。

小猢狲们中有人说，这独臂阿天使的是阴功，假使啥人逃票混进影剧院，也一定逃不过独臂阿天的暗算。至于如何暗算，没人肯讲。没多久，白看戏、白看电影的几乎没有了。

大忙结束，镇上照例请来城里的剧团演戏，戏是样板戏。今年，这戏演得出奇的太平，人都说这独臂阿天治那帮小猢狲真是稳吃田螺小菜一碟，也不愧是陈墩镇上杀出去上过战场的人物。

小炮山不服，开始跟独臂阿天作起对来，他实在不把这病歪歪的独臂阿天放在心上，不只逃了票进了电影院，还在那晚电影里放外国人亲嘴的时候，躲在小砖塔三楼吹口哨。

只是第二个晚上，砖塔的楼梯上传来了急促的咳嗽声，急得小炮山跳窗户溜了。

第三天，影剧院出了大事，莫名其妙地着了火。那火好像是从砖塔里先燃起来的。不多久，砖塔塌了，虽说火被扑灭了，影剧院还是废了。

影剧院废了，陈墩镇就没有影剧院了。据说，阿天受了处分，带着小刺毛一样的孙女乘着来时的轮船航班不声不响地走了。只是，没过多久，独臂阿天又独自回来了，住在电影院的废墟里。

知情人说，三十年前，阿天杀了作恶的东家烧了他的房子然后带着自己的女人乘着航船逃了出去。阿天喜欢使阴招，只是谁也说不出阿天使的是啥阴招。要说是阿天放的火，没有任何证据，派出所那里也坚持说绝对不会是阿天自己放的火。

没有了影剧院，那帮小猢狲也少了惹事的地方，但都在传说阿天治人是什么阴招都会使出来的，于是一度被这些小猢狲闹得人心惶惶的陈墩镇竟开始风平浪静了。

半年后，独臂阿天死了，死于肺气肿。

临死时，阿天很平静。他说，其实他什么都没有做过，除了早年杀死侮辱自己女人的东家是真的，其他所有的一切都只是后来人们的猜想。他不会放火，他没这个能力，他已经病得手不能缚鸡了。

因为早年使了阴招杀了东家，阿天一辈子一直生活在这一阴影里。

梯　子

　　虬村的麦冬在陈墩镇中学念高三。麦冬念书挺用功，脑子也好使。麦冬的爹是个老高中生，1977、1978 那两年曾使着劲考大学，然一直差那么几分，最终还是没能考上。麦冬的爹常跟麦冬说，麦冬呀，我们家的人都不笨，可机会不好，到现今我们麦家还没有出过一个像模像样的大学生呢。我指望着你，你可得给麦家添些光彩呀！

　　还有一个半学期就要高考了，麦冬自然铆着劲用功。虬村离陈墩镇十来里路，为了积攒时间温习功课，麦冬平时很少回家，就住在学校的学生宿舍里。

　　学生宿舍在学校教学区的北边，是几幢老式的楼房，有男生宿舍，也有女生宿舍，只是从男生宿舍区出来到教学区，一定要经过女生宿舍楼。女生宿舍楼住着很多的女生，这从每个楼层的阳台上挂着的密密麻麻花花绿绿的衣物可以看出。这么多的女生中间总有那么一些是毛手毛脚或心不在焉的，于是几乎每天都有晾晒着的衣物飘飘荡荡从楼上滑落下来，有好多次竟然蓦地落在男生的身边，甚至头上身上，这让楼下走过的男生忒尴尬。

　　那晚，夜自修时，英语课代表突然要收一部分英语作文让任课老师抽阅。麦冬提前做好了，只是放在宿舍里，很想让老师先看，便抽身去宿舍取。麦冬匆匆地去又匆匆地回，途经女生宿舍楼前时，楼下忽明忽暗中突然有一个细如蚊吟的女声叫住他，迟疑地冲他说，请帮我一下，好吗？

　　麦冬一个激灵，问，啥事？

　　女生有点不好意思地指指二楼阳台下电线上挂着的小衣物说，想请你把它取下来。

　　麦冬有点为难，说，这么高，咋取呀？

女生怯怯地说，竹梯是有一架，就是很旧，我不敢爬。

麦冬顺着女生的指引，从一旁取过竹梯，架着，让女生扶着，自己手脚并用沿着吱嘎吱嘎作响的特别破旧的竹梯小心地往那小衣物处爬，但竹梯实在太破旧了，就在麦冬伸手去取那小衣物的当儿，脚下的横档突然断裂，整个竹梯随即散架，麦冬顿时失去支撑重重地摔在地上，蜷缩着直呻吟。

女生被眼前突然发生的祸事吓蒙了，试探着去拉麦冬，但麦冬已经疼得昏死过去。女生急急返身去两楼过道的公用电话打120求救，人颤抖得不能自已。一会儿，120救护车开进学校，把麦冬送进了医院。

麦冬这一摔可摔得不轻，抢救了三天三夜人才有点知觉。抢救的医生说，他的脑壳里有好几处喷射状出血，只有指望他年纪轻体质好，淤血能慢慢地消散，知觉和记忆才有可能慢慢地恢复，只是整个康复过程需要花费很多的医药费用。

学校和麦家一下子慌了手脚。

夜自修时间爬女生楼摔成重伤，这成了学校和麦家都不愿去推想的事实，当时到底发生了什么，所有的人只能凭自己的猜想去演绎。但不管怎么去想，这麦冬一下子从一个勤奋本分的农村学生突然变成一个说不清道不明的不光彩的人物。最关健的是那不为人知的当事人那神秘的女生竟然因为害怕承担责任而神秘地消失了。

半年后，麦冬的手脚有了一些知觉。一年后，麦冬的记忆和身体才渐渐康复。说起当时的情景，麦冬依稀能讲一个大概。然高考已经与他擦肩而过，照他恢复后的智力状况，这辈子已经不可能再进课堂了。还有，麦冬自己说的女生始终没有出现，这让麦家父母觉得心里堵得慌，不光为用掉的那么多医药费用，更为儿子的名声。

麦冬坚持着，说自己是清清白白的。麦冬还一直说，自己从哪里摔下去，一定要从哪里爬起来。

麦冬跟开私营五金厂的父亲借了五万块钱和一些废旧机器设备，决计开一个生产特色梯子的专业工厂。为了让自己的梯子有销路，他跑了好多城市的五金商店和超市，他把自己的梯子定位在方便家居生活的便捷梯子的设计和生产上，轻便安全，便宜实用，一梯多用，这是他设计梯子的想法。没想到，头一批梯子一设计出来，就收到了好些订单，开始是父亲的一些老客户想帮他，结果上市一销，还挺受人青睐的。

　　一边设计一边生产，不几年，麦冬的特色梯子专业工厂越开越成规模。

　　有一天，麦冬收到了一张一万六千元的汇款单，附言上写着：麦冬，这是我大学毕业后第一年工作的积蓄，请接受一个自私懦弱的女生迟到的道歉。待我存了足够多的医药费，我会过来当面跟你道歉，彻底还你清白，请相信我！

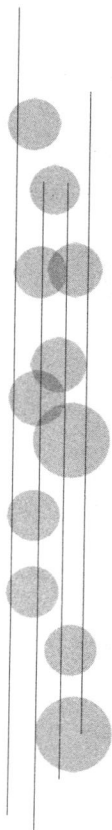

守 蟹

　　阿朋娘走的那年，阿朋才十二岁。十二岁的阿朋很懂事，知道娘要走是迟早的事情。娘是那年深秋里走的，那个深秋，是家最忙碌的一个季节，在那个季节里，阿朋爹终于把自己彻底累趴下了。

　　阿朋的村子，在淀泖湖的东边。淀泖湖水面宽阔，水质纯净，湖底全是硬泥，水草丰腴，这样的水源是非常适宜大闸蟹生长的，那湖里长大的蟹，不但形态佳，青背白肚金爪黄毛个体坚实，而且肉质鲜嫩，有一种甜甜的回味。蟹是每年秋风起的时候由上水湖西沿着湖底朝下水湖东爬过来的。好的水口自然出逮蟹能人，先前，阿朋待的村里几乎每人都有一手逮大闸蟹的绝技，也几乎家家户户、祖祖辈辈靠着大闸蟹过着比较殷实的日子。只是阿朋家不一样，阿朋爹是个残手残脚的残疾人。

　　听阿朋爷爷说，原先阿朋爹手脚是不残的，因为常年在湖上捕鱼捉蟹，受了风寒，又加上撞船受了伤才渐渐残的。还有，村里人都知道，阿朋的娘跟阿朋的爹是不情愿的，是阿朋爷爷花了钱讨来的，阿朋娘刚来的时候，一直闹着要跑掉，先是被阿朋的爷爷、叔婶硬拦着，后来有了阿朋，阿朋娘也就不闹着要走了。再后来阿朋的爷爷过世了，也没有人出面硬拦阿朋娘了。

　　阿朋娘要走，阿朋爹是知道的，只是整个秋天，阿朋爹一直硬撑着残疾的身子忙着自己的活。阿朋的家门前有一条朝东的小河，行内人都知道这是每年秋里大闸蟹走下水必经的河道，阿朋听爷爷说，自打他们家祖上在这村里住下起，每年秋里一直在小河里"守蟹"。

　　爷爷过世了，阿朋爹决计自己接着"守蟹"的营生，身子残，便使着阿朋，从打桩、筑竹围栏，一直到搭捉蟹的小竹棚，几乎都让阿朋学着做了，拦蟹棚搭好了，西风也起了，大闸蟹果真爬了过来，先是沿着湖底的稻草绳爬，后沿着竹围栏爬，再朝着小竹棚里的灯光里爬，当竹篾编的"仙人跳"依次跳动的时候，蟹的爪也就出现在网边了，这大闸蟹是从宽到窄自己沿着别人设计好的路子一路爬进来的，到了网边也就是到了最窄处，要想返身逃跑，也已经不大可能了，这种逮蟹的土法，村里人就叫"守蟹"。阿朋的小蟹棚搭好的头一天，就有了不小的收获，逮到的蟹，只消交给做蟹生意的叔婶。

西风愈烈了，蟹也就愈多了，只是阿朋爹实在是劳累过度病瘫在了床上，阿朋的娘决计要走了，没有人拦她，也没有人要拦她。阿朋爹反而让阿朋取了卖蟹的钱给了娘。阿朋娘走的时候，心肠像生铁一般硬硬的。阿朋爹没有说一句话，阿朋只是两眼愣愣看着自己的爹娘。

娘走后，阿朋爹再也没有从床上爬起来过。

之后的每年秋天，阿朋便开始白天到镇上学校里上课，晚上静静地候在小竹棚里"守蟹"，这绝活，阿朋学得很到位。然而，好景不长，湖面后来都被专业户承包了，蟹用围网养着，湖里再也不放养蟹苗了，湖里的网一道道拉着，野生的能在湖里爬动且还能爬到阿朋家门前小河的大闸蟹已经寥寥无几了，但阿朋一直苦苦地守着，哪怕一夜毫无收获，他也一直守着，尽管如此，一秋下来，多少还是能守着一些，送到叔婶的蟹摊上，由婶记着账。

阿朋每天熬夜，白天上课精神自然集中不起来，老打瞌睡，原来阿朋功课是挺好的，但每到蟹讯里一"守蟹"，阿朋的功课总要一落千丈，阿朋的班主任老师总是急得一趟趟朝阿朋叔婶的蟹摊上跑，阿朋考不上大学，是要拖全班后腿的。但阿朋却一意孤行，似乎在他的脑子里除了蟹、除了钱，什么也没有了。

第一年高考，阿朋失利了。失利的阿朋没有把失利放在心上，走出考场的第二天，阿朋就跟叔婶要卖蟹的钱。叔不给，说你这孩子大学也没考取，要钱干么?!

阿朋愣愣地说，我娘走了，爹瘫了，我大学又考不上，除了钱，我还有啥了?! 叔婶没法，依了阿朋，给了他一些卖蟹积的钱，说你要是去找你娘，去了也是白搭，你娘的心是找不回来的!

阿朋执意地离开了村子，依着仅有的一点点线索，一路寻去，一座座城市、一座座大山、一个个乡村。离开了淀泖湖、离开了爹，阿朋第一次觉得自己非常的失落。外面的世界很大，阿朋第一次觉得自己太渺小太无能，靠他要找回娘几乎是不可能的。此时，阿朋觉得自己的生活正如"守蟹"一般，沿着祖辈为自己设好的竹栏，一路爬着，竟越爬越窄，而爹倾注了全部身心传授给自己祖传的绝技又无疑把自己逼进了生活的死胡同，爹全心全意爱自己，实则是害了自己。

　　回家后的这年初秋，阿朋毅然放弃了祖辈传下来的"守蟹"营生，他重新回到了学校，他决计要过一种自己为自己做主的全新生活。

扶　贫

有一年春上，李斯吃蔬菜时，突发奇想要无偿扶持附近乡下的一户贫困户建一个蔬菜大棚。他把这个想法告诉给了几个堪称哥们的牌友、酒友，牌友、酒友都笑起他来。

李斯是个想做啥便要把啥做成的人，他心里揣着这个奇想，去了市里找了农村富民办公室，人家先是电话把他介绍到了县里，又把他介绍到了陈墩镇，最后介绍到了一个唤作银泾村的村里。

村主任也姓李，李主任拿出一小沓贫困户的资料，一个个介绍。其实银泾村并不是穷村，人均年收入上万呢。那些贫困户，大都是因病致贫或因祸致贫，不是家里有人生了绝症，便是主要劳动力出车祸身亡啊重伤的，所以生活困难。

李斯边听边摇头，他心里想扶持的是要有劳力的。

李主任说，有劳力的贫困户倒是有一户，就是……

李主任说，这有劳力的贫困户户主也姓李，叫李诺，实际上是光棍一个。结过婚，是他爹花钱给他买的亲，后来人家女的跑了，也没有再娶。李诺，其实说白了，就是个二流子、书痴子，白天不干活，整日睡懒觉，晚上猴精似的，整夜屋里灯火掌得通明，干耗着，瞎耍。

李斯问，耍啥啊！耍钱，还是耍女人？！

李主任说，他倒是啥钱啥女人都不耍，只知道耍笔杆子。这一耍不要紧，钱耍没了，女人也耍跑了，爹娘被他耍得气死了，自己也耍得人跟猴精似的！

耍笔杆？李斯疑惑了，问，那他啥毕业？

李主任鄙夷地说，啥毕业呀！初中才读了一年，住在学校里，也是不分白天黑夜地耍，耍得功课直往下掉，他爹骂他不争气，就不让他念了。回家来还耍，说这回他非要耍个诺贝尔来不可。所以，村里人都叫

他李诺，诺贝尔的诺。

李斯说，那我就扶这户了。

李主任也闹不明白李斯啥主意，陪着李斯去见李诺，李诺正撅着屁股睡大觉，千呼万唤就是喊不醒。

破旧不堪的桌子上堆着一沓沓不知完工与否的文稿，从不同颜色的纸张看，耍笔杆子的李诺日子过得确实有点窘迫。李斯对李主任说，别喊了，大棚的事还是让村里为他代办吧！说着撂下一笔现钱就走了。

几个月后，李斯不放心那大棚的事，又一次来到银泾村。再一次见到李诺的时候，那二流子书痴子的李诺仍然在睡觉，仍然是千呼万唤喊不醒。喊不醒李诺，李斯便仔细打量着李诺的住处来。住处相当简陋，是一座 20 世纪 70 年代建的小楼，其他的几乎所有的屋子都挂着蜘蛛网，看来很少有人跑动，唯有李诺睡的这一间倒也收拾得还算整齐，只是除了书，没啥值钱的物件。屋里还支着口灶，几只碗在锅里扣着。李斯想掀那些碗，看看李诺平时到底吃的是啥。李主任说，千万别掀，他最忌讳别人掀他的饭碗，他每回吃了总这么合着，煮了再吃。李斯打趣说，这倒也环保，不会被污染。

李斯关心的是大棚的事，问了。李主任说，大棚搭是搭了，才一转眼，就被李诺很便宜地租掉了，不干活白拿钱，照样每天睡懒觉。

李斯问，他还算贫困户不？

李主任说，贫困户倒不算贫困户了，每年多多少少还有一万多块钱的租金，够得上村里人均年收入了。

李斯说，不算就好，毕竟他脱贫了。

可没料到，这年暑天，突然刮了一阵飓风，附近农村几乎所有的大棚都被那突然袭来的飓风刮塌了，农户损失惨重，而竟然有大部分大棚户主根本没有向保险公司投保。

飓风过后，李斯急急地赶到银泾村，见他资助的大棚同样是一片狼藉，而二流子书痴子李诺竟然还在家里撅着屁股睡大觉。

李斯恼了，朝那撅着的屁股飞起一脚，把个李诺踹得身子儿几乎翻了个个儿。

李诺惺忪着睡眼，人猴精似的，火气却比李斯还大，狂吼，你，你啥意思，我才睡入了觉，你平白无故地把我踹醒，你啥意思啊！

李斯问，我资助了你大棚，让你脱贫，让你干正业走正道，你倒好，

大棚租了，白天睡大觉。大棚被风刮塌了，还睡大觉！

李诺不买账了，反问道，我写小说，难道不是干正事么？我夜里写了一个通宵的小说，累了，白天睡上一觉，哪里错啊！你资助我大棚，是事实，可我也资助别人大棚啊！你去打听打听，那么一个大棚人家哪家只租一万多的？我是在帮人家呀，人家老刘家儿子有出息在外边读大学，需要学费，种大棚又没有投资，我不是资助他们是什么呀?！我收了老刘家一万多，达到了村里的平均收入，帮你们消灭了一户贫困户，你们还得谢我呢！还有，飓风又不是我让它刮的，再说了，我投了最高的保险，保险公司自然会给我理赔的，除了这些其他还有啥事要我操心的呢？还有大棚钱，就算我贷你的，等我小说出版赚了钱，或者得了奖，我会加倍还你。

说着，李诺打了个哈欠，重又翻身睡去了。

李斯被李诺一阵抢白，竟然无言以对。

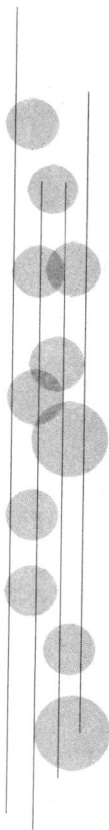

盐 水 瓶

初春，魏倩被安排到陈墩镇卫生院实习。魏倩实习的是门诊注射，还兼管着注射回收下来的盐水瓶。

陈墩镇是个水镇，土生土长的女小囡忒水灵，只是镇上的女小囡都喜欢朝城里跑，尤其那些长得标致的。这让镇上那些大男孩挺沮丧，眼看着自己心仪的女小囡一个个长了翅膀飞了，心里忒失落。魏倩的突然到来，令原本失落的大男孩好一阵兴奋，心里痒痒的。去过卫生院见到过魏倩的大男孩都说，那新来的女护士不只标致，还挺洋气的，忽闪的大眼，高高的鼻梁，尤其那甜甜的酒窝，忒迷人。谁都说，这女小囡远比镇上出去的所有女小囡都标致。

说也奇怪，自打魏倩来实习后，到门诊上说是要打针的大男孩多了，有的甚至出了娘胎还不知道打针是啥滋味的也赶来轧闹忙。只是，魏倩平常上班时总戴着口罩，让那些专门过来看她的大男孩有点失望。

倒是一些过来讨盐水瓶的，让魏倩琢磨不透。谁都晓得，陈墩镇人是喜欢把春季田地里摘下来的新鲜菜苋腌了塞在盐水瓶里。塞时空气挤掉了，鲜味便留着，不会变味，开瓶取食则另有一番风味。自镇上开发旅游，这种本土的吃食大受游客青睐，卖得挺俏。这样一来，盐水瓶也就成了镇上紧俏物件。院里便立了规矩，这空瓶一律回收卖钱，作为职工福利。这其实是挺得罪人的事，抬头不见低头见，相熟的总拉不下脸面，于是，院里就把这得罪人的差使交给了新来的魏倩。魏倩自然不知深浅，所有过来要盐水瓶的都是一手交钱，一手才给瓶。一本小本本，多少瓶多少钱，魏倩每天都记得清清楚楚。

隔壁粮库里的李咚总是每天下班前光顾门诊注射室一回，他不打针不挂水，每回来就只是买一只盐水瓶，每天一只，从不间断。每回过来，总是在魏倩即将下班的时候，她刚刚除下口罩准备关门。于是，李咚总

能见到魏倩迷人的酒窝。头一回，李咚说，我是隔壁粮库的李咚，买一只盐水瓶，样子挺谦恭。之后就只说，买只盐水瓶。魏倩不知道粮库里每天要买一只盐水瓶派啥用场，只管收钱给瓶。

魏倩甜甜的酒窝总让李咚心旌摇荡。

一只盐水瓶三毛钱，李咚总事先准备着。

一手取钱，一手给瓶，魏倩从没觉得李咚烦人。魏倩有时想问他，粮库里买盐水瓶派啥用场，然魏倩每回都是话到了嘴边没说出来。

一晃已初秋，早过了装腌菜苋的季节，魏倩的小仓库里积了好多空瓶，每日除了李咚已很少有人来买。镇旅游食品公司采购员曾过来，说是想把库存的空瓶全买去，只是那日魏倩正好轮休回了一次家，把这事给耽搁了。后来魏倩回镇听说后托了几个口信，人家却一直未来照面，这让魏倩很懊悔。

初秋是陈墩镇多雨的季节，涨起来的水淹了卫生院几间低处房屋。卫生院的房子就靠在白莲湖边。听人说，这水几十年没涨过这么高。

水越涨越高，存空瓶的小仓库靠湖的墙根竟被湖里的浪淘空了，訇然一下半边屋子全塌了，堆着的好几千只空盐水瓶一下子全滑到了水里，漂得到处都是。魏倩急哭了。心想要是早些被人家拉走了，就没这事，都怪她。

有几个大男孩自告奋勇说，我们弄条船来，帮你把瓶全捞回来。带头的说，只是你该如何谢我们？

旁人说，让魏护士嫁给你呗！大家笑了。

李咚也正好过来，他没笑。他说，等我。李咚随即返回粮库，找了些箩筐还有好大一卷细绳。

李咚说，我来吧，说着就脱了外衣。李咚是个好水性，往年常常在湖里冬泳。旁人有人多嘴，说，你这么卖力，让魏护士怎么谢你呢?！

李咚一笑，用大拇指点点自己的脸颊。众人笑了，魏倩不知众人为啥笑蓦地一下子脸颊涨得绯红。

李咚入水，先是捞起离岸较近的一些空瓶，放箩筐里，一下子捞了好几大筐。湖大风大浪高水急，有些空瓶顺着水势漂了开来。李咚游来游去，用细麻绳给一只只漂着的空瓶打上绳结，不多时，水面上漂起一长串空瓶，像一条白色的长龙顺着风浪起伏漂荡，尾瓶越漂越远。李咚顺着涌浪向湖中游去，头影越游越小。

李咚是个好水性！众人都称赞。谁也没料到，这日风浪实在大，李咚随浪入了湖心，竟一去不回。众人急了，叫人、找船、进湖，折腾好半天，好不容易找到了李咚，他已经被一长串拴着空瓶的细麻绳死死地缠着。

李咚被人抬回卫生院时，人已没用。魏倩自知所有的祸事都因她而起，顿足痛哭。

李咚后事料理后，镇民政便以李咚风浪中奋勇抢救集体财产而献身的事迹材料上报申请嘉奖。

不久，批复下来，说事情属实，但李咚动机不纯不予嘉奖。

镇上有人说，这李咚为一个女小囡的吻，送一条命，真的犯不着。因为在场的人都看见，李咚用大拇指指着自己的脸颊其实是让魏倩给他一个吻。

魏倩申辩，不是这样的，李咚竖大拇指，是告诉我们，他行！申辩时，魏倩的脸涨得红红的。

在整理李咚遗物的时候，人们在他的床底发现了上百只空盐水瓶，众人觉得挺诧异。

杂 货 棚

　　李笺的杂货棚是陈墩镇银泾村搭得最早的杂货棚，杂货棚里摆着杂货铺。

　　李笺的后爹原先是个摇梆梆船的杂货郎。梆梆船是先前江南水乡常见的杂货船，穿行在乡间各村。李笺的后爹来了几回银泾村后，便跟新寡的李笺娘好上了。李笺的后爹跟李笺娘好上以后，便在李笺的家里倒插门落了户，李笺的家门口也就多了个棚，摆上了满满的杂货。那棚是出样招揽生意的。杂货铺的生意不好不坏，紧巴巴地撑着一家三口的日子。

　　后来，李笺的后爹年岁大了，把那杂货铺交给李笺。李笺操持杂货铺后，村里陆续又开了几家杂货铺，生意一下子难做了。李笺每天只能做些微利的小买卖。

　　幸好李笺的家在村头，原先窄窄的机耕路由镇上村里出钱拓成了能开小汽车的小马路，而且路的两头又跟外村连了起来，成了一条进陈墩镇的捷径。陈墩镇是个旅游古镇，那些慕名而来的旅游车就从李笺杂货铺前穿过去。路过的车子多了，下车问路顺便买烟买饮料的也就多了，李笺的生意重新有了一点起色。

　　只是，李笺家这一段路，原本很窄，桥加宽了，路拓宽了，而路还是在原本的屋与屋之间穿过去的，故而路基仍只有原先那么宽。李笺家屋后是桥，桥上下来便是一个很急的拐弯，而且有一个蛮陡的坡，这种路况被司机们称作"臂膀弯"，很难开的。新司机学车时好些严谨的师傅总要带着徒弟反复练习这种路况，否则很难拿到驾照。而新路拓宽了能开汽车后，还是常常有车在突然拐弯时擦了李笺的杂货棚，尤其是那几根立柱。立柱旁推着杂货，一擦，哗的一下，杂货全滚马路上了。开始几回，李笺总是一脸的无辜，看着滚落的杂货，不说一句话。肇事司机

情知闯了大祸，总是先赔着不是，说，老板，对不起，实在对不起，意思意思少赔一些吧。

李箩也不接嘴，让肇事司机更是心慌，掏一百块，说，我赔。李箩不接嘴，但拦在车前。司机又掏一百，说，只能这么多了。李箩仍不接嘴，司机更慌了，又加了一百，说，我只有这么多了。于是，李箩让了路，自己收拾杂货，一脸不满。

时间久了，有的司机几次三番在这里擦车，便懊恼起来，好多人专门赶村里找村长说话。村长便来找李箩商量，让他把杂货棚给拆了。

李箩说，你村长一句话说拆，我就拆了，我李箩是吃屎长大的呀？

村长问，你这话是啥意思？！

李箩说，是先有我的杂货棚再有你的马路呀，你村长不能只一句话让我拆我就不明不白地拆了，拆了杂货棚，我一家老少去你家吃饭？！

村长说，杂货么你放屋里不也一样做买卖？你拆杂货棚，村里可以给你一些补贴，只是村里修路的钱还没还上呢，只能意思意思。

李箩说，村长你说的意思意思，那到底是啥个意思呢？

村长说，赔你五千。

李箩说，你打发叫花子呢，人家城里店面房拆迁一个平方都要一两万，我这杂货店面少说也有十八九个平方呢！

村长说，你以为村里是在印钞票呀？！你这样说，那我跟你没话说了。

李箩落得村长这么说，其实李箩自己也算了一笔账，照眼下过路车子擦他杂货棚赔的钱，远远比城市里拆迁店面房来得划算。

李箩的杂货棚有几个立柱，这些立柱是过路小汽车最易刮擦的部位。每回擦过以后，李箩仍把这些立柱树回原地，再用一些杂货把摇晃的立柱围住。只有李箩自己最清楚，其实这立柱边上的杂货只是道具，只消轻轻一擦，这些道具便会滚得满路都是。

这个时候，过路司机往往一脸惊慌，李箩则一脸无辜，这场景几乎日复一日在李箩的杂货棚边上发生着，每回李箩总心安理得地拿着车主的赔偿。李箩天生是一副可怜的样子，又在这种事情发生的时候不穷凶极恶，更不得理不让人，总是一副可怜巴巴的样子，让人不忍心。有时，车主赔了钱还在暗自庆幸，还好，今天没碰上难缠的主。

半年后的一日，李箩的杂货棚又被一辆小车给刮擦了。车是新的，

车主可能从来没遇过这情境，被李箩一拦，心里慌慌的，忙倒车，不晓得咋搞的，车子朝后一个飞窜，"嗵"一声撞在人家的墙上，那速度快得几乎容不得人反应。可能是车主彻底慌了手脚，在倒车撞墙以后，又把车朝前开，只是这朝前时车子重又飞了起来，只一瞬间就把拦车的李箩给撞飞了，跌扑在地的李箩一下子不省人事。司机见撞了人又倒车，那车又飞了起来，杂货棚撞散了架，一下子全塌了下来。那司机瘫了，人战栗得不能自已。

后来，知情人说，那司机其实是为了省学车的六千多块钱，托人走门路到外省只花了二千多买了本驾照，新车买来后不敢开，到乡路上来练车技，却不料遇上这要命的臂膀弯，擦了李箩的杂货铺，慌了手脚，把油门跟刹车反过来使，竟然要了李箩的命。

那新司机为省四千块害了人命还赔了几十万悔得肠子都青了。

只是李箩的杂货棚被车撞塌后，没有再搭起来，过往的司机多了一些小心，臂膀弯那里少了好多刮擦事故。

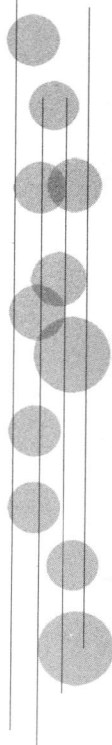

鸟　祭

身躯巨大周身洁白高雅而脱俗的鹭鸟菲菲，为觅寻情侣的踪迹，孤单地离开久已憎根厌恶的熟土，来到了美丽的淀泖湖畔。她展着健美的双翅，屈着优雅的长颈，纤细的双腿掠过清幽的湖水，喉间发出声声深情的呼唤。她惊喜、她动情，明丽的双眸淌下了热泪，她陶醉在自己偶然的发现中：广袤的淀泖湖碧波荡漾，湖水湛蓝湛蓝，湖畔芦苇丛生，绿树环合，庄稼旺盛，村庄稀疏。这是水土肥腴远离都市喧嚣的安谧水乡，这是她梦寐以求而苦苦寻觅的地方，她已恐惧喧嚣，厌恶嘈杂，大片的污水满空的尘雾已迫使她憎恨厌恶昔日的熟土，为寻觅新的绿洲新的绿水，早夕厮守的情侣他一去而不返，牵走了她无尽的怨思绞起她愁肠千结。

她歇息在滩边芦苇丛中，更替着用单腿支着身躯，养精蓄锐，以期去更遥远的异乡去追觅她的情侣，思忖着有朝一日能双双对对重回这片绿水重圆她的梦幻。

此刻，芦苇丛中，正泊着艘乌篷小舟，舟尾行灶里冒着炊烟，袅袅的，舟首，一壮汉盘膝而坐，独斟自饮，悠悠的，旁若无人。

菲菲谨慎地偷眼瞧着，因孤独而失意的她，流下了辛酸的泪，双翅耷拉下来，无力地撩动足边的湖水。她多么羡慕这种悠闲。

天下起了雨，久久的，湖面迷蒙蒙一片。

壮汉已酣醉，不时移动着身子，腆起撑饱的肚皮。

身姿婀娜的菲菲，曲颈仰天，展翅去接受那雨水的洗礼，陶醉在大自然的恩赐里。她多么希望能在这幽静的湖泊之中，能觅到她那魂牵梦萦的情侣，永久地驻足生存下去。

壮汉侧过身子，突然发现了她的存在，两只充血透红的眼珠发出异样的光：惊讶、狂喜……

蓦然间，菲菲发现一支乌黑贼亮的双筒老铳直向自己指来。待她仓促间反应过来时，一道闪光已射来，惶恐中菲菲向空中窜去，可就在她展翅折向湖中逃遁之际，另一道闪光又射来，正击中她翻动着的左翅，她凄凄一声，身子直栽下去。透过硝烟，她看见那持铳的壮汉正在得意地狂笑。

拖着伤翅，菲菲凭有力的长腿沿湖边浅滩拼命狂奔。那壮汉持铳弃舟，跌跌冲冲，穷追不舍。

殷红的鲜血，在菲菲身后滴洒着，染进湖水里，渗入泥泞中。身后的血道断断续续时隐时现。菲菲一次次跌扑在地，继而挣扎向前。

壮汉步履踉跄，近乎癫狂，跌倒、爬起、狂吼着，口中喷着酒气吐着秽物，向她紧追。

菲菲蓄足了力气，最后狠命地朝前一蹬，痉挛几下，纤长的细腿绝望地伸直了，白羽绯红一片，沾着泥泞，她深情地望了一眼眷恋的湖面，带着无尽的遗憾，身子在湖边滩涂上最后定格了。身后是点点滴滴断断续续洒了里把长的血道。

贪婪的壮汉在离菲菲几步之遥处跌扑下去，口吐污血，半边脸浸渍在污血与秽物的泥泞里，就此定格，再也不能动弹。

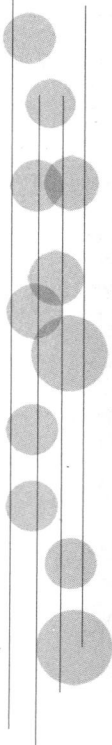

再 教 育

1967年初秋，父亲是大学教授母亲是大学讲师自己高中毕业的谢雨瑞和同学们一起从姑苏城到淀泖湖边的银泾村插队落户接受"再教育"。

到了村里，第一个教育他们的是陈墩镇派到村里蹲点抓插队知识青年的工作组组长周武，周组长是个退伍军人，退伍前官至代理副班长，在部队里读过几个月夜校，部队拉练跑过四五个省，自然见多识广，一开起会来常常是说古道今、口若悬河，总让一些从没出过远门的村民听得五体投地，周组长因此在村里赢得了很高的威信。

谢雨瑞他们到村的第一天，周组长就给他们做了第一次教育。

知青们，周组长说，今天不是给你们开会，只是随便聊聊，不要认为你们高中毕业、初中毕业已经学到了很多知识，教育是没有止境的。你们知道吗，你们到的地方，是什么地方？是历史上出大人物的地方，秦始皇派大禹治水，大禹就派巴解驻守淀泖湖，当时湖里有一种咬人的虫，成千上万，张牙舞爪地乱钻湖堤乱咬人还为害庄稼，巴解就命手下人在稻田边挖了一条条壕沟，点上火把，灌上沸水，咬人虫烫死后，彤红一片，还飘着香味，巴解看着就想，这咬人虫要是能吃就好了，但好看好闻的东西往往有毒，要试只能自己先试，巴解一口气吃了十几只咬人虫，那虫子真是鲜，吃了还想吃，一连吃了几天，没有啥事，于是巴解就命令手下人敞开肚子来吃这咬人的虫子，众人一吃果然鲜美，便追着咬人虫吃，吃的人一多，虫害就没了，后来人们就把这种咬人虫叫做"蟹"，就是纪念巴解。鲁迅不是说过么，第一个吃螃蟹的是英雄，说的就是巴解。

知青们受了教育，先是不太理解，后来听当地村民小声说，周组长娘子姓巴，镇上的书记是他的丈人，于是大家也就有点明白了。原来周组长讲的辉煌历史多少还跟他沾上边。然从小就喜欢历史的谢雨瑞举手站起来指出周武组长教育他们时的谬误。谢雨瑞说，周组长，大禹是公

元前大约 22 世纪夏王朝时的王，秦始皇是公元前 221 年称帝的，两人相差了二十多个世纪。

知青们听后都笑了，周武顿时脸色苍白，初秋的日子，头上竟冒出了虚汗。半晌，周组长缓过神来，对着众人吼明天五点起床，六点开工。

第二天一早，周组长和队长一起来给知识青年们派工，周组长派谢雨瑞去撑泥船，谢雨瑞先是不知道撑泥船是干啥的，上得泥船方知，这是个很危险的技术活，非得有高超的船上平衡技巧和出色的水性方可。而谢雨瑞从小被外婆宠着，从不让近水，是只旱鸭子。旱鸭子上船撑泥船，罱泥人才一使劲，谢雨瑞便站立不稳掉入了河中，幸亏秋天里水还不是太凉，人一下子没沉下去，谢雨瑞呛了半肚子水才被捞了上来。呛了水的旱鸭子决计学游水，谢雨瑞等不及天气转暖，赤了膊下到河滩边抱了块木船板在水里扑腾。周组长见了，说这小子脑子有毛病。半年下来，谢雨瑞不只会了水，撑泥船也渐渐成了好手。

和谢雨瑞一起插队的还有好几个女生，一个个水灵灵的，周组长对这些女生特别关怀，深夜里不管有空没空，总要敲开女生住处的门对他们"再教育"，女生们嘴上不说，心里慌得很。为了教育方便，周组长还总把住在一起的女生一个个支出远门只留下个把模样长得俏的。这事被谢雨瑞探得，谢雨瑞便动着心思让留下来的女生跟周组长摆迷魂阵。村里有个哑巴，与知识青年们挺有缘，老是跟着他们屁股后面转，鬼使神差，周组长好几次摸进女生住处那张小竹床时，摸到的竟是那个哑巴，恼怒之际，估计又是那姓谢的小子使的坏，便跟人说，这小子老是跟我作对，没他好果子吃！

果真，七八年过去，村小学缺民办教师，村小学校长有意让天资聪明的谢雨瑞顶上，但报告送到做了镇教育组长的周武那里，硬是给"毙"了。到了 1977 年，全国高校公开招生，谢雨瑞一下子考了两个满分，北京大学的招生老师到镇上来作审查，当时刚刚坐上副镇长宝座分管着教育的周武在小会议室跟北大招生老师谈了老半天，最终的结果还是让北京大学过来的老师放弃了招收谢雨瑞的设想。一直到了 1980 年初春，谢雨瑞几乎成了镇里最后一个返城的知识青年。回城后的几年里，谢雨瑞一边在纺织厂干机修活，一边自习父亲给他开列的所有功课。欣慰的是，在谢雨瑞三十九岁那年最终还是被北京大学破格录取成为中国古代史专业的硕士研究生。

眼下已是博导的谢雨瑞有时说起早年插队乡下时的事，总说在他的人生道路上那位见多识广的周组长给他的"再教育"，最最刻骨铭心。

赤脚开车的大姐

　　陈墩镇的阿兰在鹿城开出租车。阿兰有个怪癖就是喜欢赤着脚开车。这日阿兰正赤着脚在城东郊跑着空车，被一客人拦着，客人问长途跑不?! 阿兰说，当然跑的。客人坐下后掏五百元给阿兰说，辛苦你帮我跑几个地方，这五百元，先作过路费的开销。于是阿兰上了高速，按客人指的方向一路朝浙江东阳方向跑去。

　　阿兰为自己撞上这一笔大生意而暗自高兴，看那客人说话细声细气的，料想也不会是啥坏人，便放宽心按客人指点的路线一路跑去。才跑时，阿兰跟家里打了个电话，结果自己男人没在，待后来再打，手机竟然没电了。

　　跑了一段，坐在副驾驶座上的男客人突然发现，说，大姐，喜欢赤脚开车呀?! 阿兰脸一红说，赤脚，舒坦，乡下人呗。阿兰是个喜欢说话的人，不管客人要不要听，阿兰边开车边说自己赤脚开车的事。阿兰说，先前是和自己的男人一起开挂机船跑运输的，在船上赤脚惯了，后来跑水运赚不了钱，她便卖了挂机船到鹿城开起了出租车。

　　她开出租车其实也有点无奈，她男人先前常年跑水运得了风湿，严重时走不了路，她只能一个人开车。卖了船买了车，借了不小的一笔钱，要养男人要供儿子念书，为了能早点还上这笔钱，她只能拼着命跑车赚钱。

　　阿兰说，从水上一下子到了岸上，从那么大的一条船到这么小的一部车，她总觉得身子骨被啥勒着心里慌慌的，浑身不舒坦。就说学车那阵，她把车上所有带把的挡位杆、雨刮器杆、转向灯杆，都当成了船上的物件，每使一下都用挺大的劲，尤其踩那油门、离合器和刹车，不是轰得油门真吼，就是刹得满车的人前仰后合，只要她一掌方向盘，就会惹得师傅吹胡子瞪眼直骂。师傅骂，她就哭。骂过，哭过，她仍是那样，

没记性，不长进。后来，师傅也不骂她了，说，反正你也学不成了，你想咋开就咋开。

后来，有一回，她发觉自己赤着脚开车忒有感觉，踩那些劳什子也晓得轻重了。考车时，她竟然开得很好，只是挑剔的考官，在她靠边停车后，一下子板了脸问，咋回事？怎么赤着脚?！她就假哭了，哭得嘤嘤的，不住地抽搐，结果变成了真哭，考官被她哭烦了，皱着眉头摔了一句硬邦邦的话，下不为例。

她开上了出租车，时不时地赤着脚。她知道，先前常年自己呆在船上，那双脚无拘无束惯了，现在愣要她穿着袜子、穿上皮鞋，整日整夜地蜷缩在那驾驶室里还真的不好受，只有脱了鞋，才有点回到船舱的感觉，悠悠着，心里舒坦。只是脱了鞋，她不敢把鞋放在自己的座位下，生怕卡着那些劳什子。有一回，副驾驶座位上，上来一位台商太太，一个急刹车时，座位下滑出了双臭皮鞋，台商太太见驾车的女人竟然赤着脚，便气呼呼地下车，立马向政府投诉。结果在全公司驾驶员大会上，经理把她狠骂了一通，说，真是笑话，你以为出租车是你家呀?！想赤脚就赤脚，没素质！于是，她那"赤脚大仙"的臭名气弄得全公司的人都晓得。

那回，公司里要她停车整改，她就到经理办公室去假哭，保证再也不赤脚了，可跑出城，她又打起了赤脚，有的时候，她实在做不了自己的主。

一路上，客人也时不时跟阿兰唠上几句。客人说，大姐，你开车赤着脚，遇上坏人劫车，你可逃不远了！

阿兰说，大哥尽会开玩笑，世界上哪有这么多坏人呀?！

客人说，我就是呀！

阿兰说，打死我也不信，你好好的好人不做干吗去做坏人呀?！

车子跑了一千多公里，客人接到了另外一个客人。傍晚时分，车子在客人的指点下开始向山里跑，竟然选的是一条荒僻的山间小路。跑到一个前不着店后不着村的山坡上，先上车的客人让阿兰停车，说，大姐，不好意思了，我们真的是坏人，想借你的车子用用，看你心眼太直，也就不害你性命了。

正说着，后上车的人掏出家伙，抵着阿兰说，大哥，别跟她噜苏，看我的。那人逼停了车，把阿兰逼下了车，自己进了驾驶室，说，你慢

慢走吧。

　　赤着脚的阿兰被山路上的石子硌着每迈一步都揪心地痛，可她牙关一咬就着依稀的月光撒开腿狂奔起来，没跑几步，脚底便磨出了血，她从衣服上撕了些布条一裹又奔起来。她估算着进山后遇上的那个小山村，也就十来公里，她只想着一定要赶在他们出山前报上警。

　　阿兰不停地飞奔，脚底早已麻木了，也不知过多长时间，终于奔到了那个小山村，借了电话报了警。那两个劫车的，做梦也没想到，没出山就被警察截住了。只是这阿兰的脚，全被山路上的石子磨烂了，血肉模糊。后来一直养了半年才重新开上了车。

总工程师的小心愿

司马总工程师回省厅机关办理退休时，遇上厅机关工会的刘主席。

刘主席正在拉人参加全省交通系统职工水上技能比赛，见着司马总工，便唤，总工，这回可逮着你了，游一回吧。

司马总工说，你没见我还忙着呢，哪有这份闲心呀？！

平时常听人说，您一年四季江海河湖的也没少游过，这回也该露个脸吧？！刘主席说，听说您正在办理退休手续，就要退休了，还有啥忙的呀！

司马总工说，不行，我今天办好了手续，明天就要回老家，有一桩挺要紧的事情办，车票都买好了，耽搁不得的呀。

刘主席说，那下午就游，误不了您的大事。说着就帮司马总工报比赛项目，表上一查，结果下午除了 300 米托泳预决赛，其他都是预赛项目。

司马总工看看倒确也误不了明天的车，便说托泳就托泳吧。其实，一听说是游泳，他心里早痒痒的，至于托泳什么的，他也不管，只要下得水，过过水的瘾，司马总工就心满意足了。只是司马总工打小时候至今还没在游泳馆里下过水，他自小是在离省城很远的一个特别僻远的水乡小村庄里出生长大的，那村在一个叫淀泖湖的大湖里的一个独屿上，四面环水，离岸最近的那边水面也有几百米宽，上了岸还是纵横的河汊。他从还没懂事的那时起，就和村里所有的孩子一样学会在水里扑腾了，抓鱼摸蚌是孩子们的拿手好事。之后，大学毕业，选了造桥的行业，司马总工更是一天也离不开水。其实，在他到处奔波着为这里那里造桥的当儿，他也是凡水必下。暑天里，他是早晚两次下水畅游。春、秋天里也总是傍晚下水一次，刮风下雨雷打不动。冬天里，则中午下一回水，过过冬泳的瘾。他游过的湖不计其数，更是无数次横渡过长江。

吃过午饭，刘主席便伴了司马总工直接去了游泳馆。到了游泳馆一看，馆里人头攒动，有运动员，更有各单位派来鼓劲的拉拉队。司马总工几十年来一直在最基层的造桥工地上奔波忙碌，认识的人也多，好多拉拉队竟争相喊着为司马总工的到来喝彩、鼓劲。

男子 300 米托泳预决赛即将开始，选手们一个个头戴泳帽，眼佩泳镜，严阵以待，而一头白发的司马总工则穿了条大裤衩晃晃荡荡地到了起点，心里还一团麻似的问发令员，这 300 米托泳咋比呀?! 发令员说，您听到哨声托着块海绵在泳道里游三个来回便行了。司马总工心想这有啥难的。

哨声响，选手们如蛟龙入水哗啦啦地尽往前游去，司马总工先是愣了一下，待反应过来后，便也一手托着海绵朝前游。好几个拉拉队竟都在为司马总工呐喊鼓劲。

选手们其实都是在比赛前层层选拔上来也反反复复训练过好长一段时间的，在托泳的技巧和速度上都很出色，只一转眼功夫，有的选手已打回了，司马总工则不紧不慢地咬着两边的选手，尽可能地不落下来，后来，他只觉得有人体力不支落下去了，有人技巧上出错，海绵掉水了，而他却越游越来劲，来来回回的。后来裁判用喇叭在喊，司马总工，该起水了，您多游了。司马总工纳闷，那怎么还有人在游呢? 起水一问，有人说，那是还没到终点的，您早就是冠军了。司马总工起了水，观众席上，大家都鼓着掌善意地笑他，几乎所有的拉拉队更是为司马总工的大获全胜而不停地呐喊欢呼。其实，凭司马总工的实力，再游上几个来回也不在话下。

现场有记者，拉着司马总工，现场采访起来。记者问，请问司马总工，您已经这么大的年龄，还是非常有实力地得了个冠军，您是怎么练就这么强壮的体魄和一身托泳绝技的?!

司马总工想也没想说，我小的时候，便一直这样游的呗。

记者说，请您讲得具体一些。

司马总工说，小时候，我们的村子很小，在大湖里的独屿上，没有学校，造不了桥，出去上学得摆好几个渡。渡工都是在一边地里干活的村民兼做的，有时忙着做自己手里的活，也就常常误了摆渡。没有办法，我就只能脱了衣裤，托着，还有书包，游过去。

记者问，那冬天呢?

司马总工说，也照游的。

记者问，那您每天这么辛苦地上学，是啥动力鼓励您完成学业的呢?!

司马总工说，我只想好好读书、读好书，将来做个造桥工程师，在我们的村口造一座大桥，让以后所有的小孩去上学都不用摆渡。

记者说，您这个心愿实现了吗?!

司马总工说，我考上了大学，学了路桥专业，当了一辈子造桥工程师、总工程师，光长江大桥就参与造了好几座，按理说已经了了我造桥的心愿。但是我常常听村里过来打工的小辈说，老家虽然富了，可村子边那个渡口到现在还没有造起桥来，孩子们上学还是要摆渡。因为到学校读书实在艰难，好多孩子读着读着就辍学了，再也没有一个孩子迈过那道吃辛吃苦才能迈得过的坎。我走后的三十多年里，我们那村还没有像模像样地走出第二个大学生。辍学了的孩子长大了到城里打工，因为没啥学历也找不到啥好工。所以，我心里总是牵挂着村头的那座桥，那是我牵挂了大半辈子的心愿呀，只是到现在还没能了了。

这天，司马总工以远远超过第二名的强劲实力，获得了男子300米托泳预决赛冠军，并将获得一笔八百元的奖金，这让司马总工挺高兴，因为，他省吃俭用积了大半辈子的造桥基金又将多一笔钱。

家有两女

　　乔家好婆年轻时特水灵。年轻而水灵的乔家好婆嫁了个南下干部。乔家好婆的男人在陈墩镇落脚时，镇上给他安排了一官半职，那官职不大也不小，是那种能够反抄着双手在村头田塍上走过去让村里的男女老少都敬畏着的那种，因为他可能是那些男女老少见到的几乎最大的官。随着岁月的推移，乔家好婆的男人换了几个官位，仍不大不小的，却仍让人敬畏着。

　　乔家好婆三十来岁时，生养了两个女孩，是双胞胎，一个叫大楠，一个叫小楠。可能是生育时的年龄偏大了，又是双胞胎，生育时把个乔家好婆折腾得险些断送了性命。所以，这两女儿一出生，乔家好婆就把她们当敌人似的特仇恨，一路伴她们长大的是乔家好婆整天仇人似的忧天哀地的骂骂咧咧的声音。

　　男人做着官儿，虽然不大，却老是忙乎，顾不得家，也顾不得两女儿。大楠小楠在乔家好婆的骂骂咧咧声中渐渐长大，渐渐出落成两个大姑娘，但说也奇怪，按说姑娘十八该是水灵灵的花朵一般惹人喜欢，可谁也没想到，大楠小楠到了十八岁，长得一个比一个难看，爹娘的优点一处也没，缺点却遗传了不少，细眼睛，大蒜鼻子，尤其那大蒜鼻子，特张扬。乔家好婆就说，像他爹，有种出种。只是人家十八岁姑娘后面老盯着好几个小伙，可她乔家好婆家两个十八岁姑娘却没一个小伙来盯，这让乔家好婆更是莫名恼火胸中烧。再有，两丫头长得不水灵不算，那念书又特不长进，从小学一年级到初中三年级，红灯笼是年年不用家里费心去买的。初中毕业，两女儿再也读不上去了，亏得有个做官的好爹，两个女儿一个被安排在南门粮店，一个被安排在北门煤店，都是人家眼馋着想进又进不了的国营单位，又省心又省力，工资高福利又好。

　　说大楠小楠难看，其实也只是不水灵、不漂亮，但情人眼里自会出

西施，有这么好的单位待着，自然也有小伙追着，二十才出头，两个丫头一个比一个早地嫁了人。

乔家好婆为落得个清静，也巴不得她们早些嫁人。只是才过了六十五岁，乔家好婆的男人，却生病过早地过世了。男人毕竟是个南下干部，有些积蓄不算，走的时候国家还按政策给了很多抚恤金。这些钱，乔家好婆自己藏着，还省吃俭用的。镇上人都知道这乔家好婆是个有钱的老太。于是，乔家好婆在众人面前，因为有钱，腰板也是直直的。只是两个女儿，因为粮店煤店转制、关并，双双下了岗，日子一直过得很拮据。

大楠闲时常朝娘家跑，事事顺着娘，娘感冒不舒服了，就劝娘到自己家住，说是好伺候。乔家好婆去了，只是没住上一个礼拜，又气吼吼地回来了，还骂着说，大楠说伺候她是假，想她的钱却是真。别人才知道，这段日子里大楠夫妻正急着筹房贷的首款呢。

小楠闲时，也老往娘处跑，知道大楠气走了娘，小楠说，干脆住我那吧，我保证不想你的钱。乔家好婆去了，然又没住上半月，也气呼呼地回来，说是这小楠更绝，自己说不眼馋她的钱，却唆使着外孙缠她要买什么钢琴，一开口就是上万。

乔家好婆在两个女儿跟前受了气，就在别人跟前骂俩女儿出气。俩女儿都说冤，自己是诚心诚意伺候娘的，反倒被骂，好心成了驴肝肺，也就开始有意地冷落起她来。

乔家好婆却不怕，女儿冷落她，街坊邻里却不冷落她。都是老街坊了，每天都有人叫她搓上一场小麻将，乔家好婆也是个福星，搓麻将老是赢多输少，但邻里却都说搓麻将为的是玩个痛快，赢多输少，自然也不能多计较，尤其，有个小麻友，对乔家好婆特好，玩时，老帮她留着个好座位，自己有好吃的，还总想着帮乔家好婆留些，更有几回乔家好婆犯病了，是这位小麻友送医院半夜挂急诊且整日整夜地伺候着。小麻友，人家都叫她三妹子。其实，大家都知道她小商品城里一个大老板的小蜜，不愁吃穿，但即使大家都知道她的底细也都说三妹子这人心特好。

三妹子对乔家好婆诚心诚意，乔家好婆也不是个不仁不义的人，常常把三妹子叫家去，做点好吃的一起享用，有时干脆让三妹子住在自家里，如此一呆就是一年多。

乔家好婆常常当着三妹子的面骂自家的女儿，说辛辛苦苦生养了两个双胞胎，有啥用，还不及人家非亲非故的三妹子，来得贴心，像小棉

袄似的。

又过了几个月，邻里人发觉乔家好婆异样了，整天在小区门口呆呆的。有好事者问，乔家好婆，你咋啦?!

乔家好婆说，三妹子走了!

邻里人说，走就走了呗，她又不是你女儿。乔家好婆说，她说帮我去炒基金的，她说炒基金比炒股票赚钱，我也问人家了，人家都说，眼下炒基金的都是大把大把地赚钱。邻里人说，你给三妹子钱啦? 乔家好婆说，给了，她说赚了。邻里人说，你给了她多少呀? 乔家好婆说，十八万，全给她了。邻里人说，乔家好婆，你不要上人家当噢，还是去报警吧!

乔家好婆一片茫然，喃喃地说，三妹子怎么会骗我呢?!

邻里看着乔家好婆样子，都说那钱一定是被三妹子骗掉了，平时省吃俭用的，想想真是可怜。也有邻里人说，都是让她那两个宝贝女儿给闹的。

邋兮千金

在陈墩镇的方言俚语中，人们习惯把垃圾称为"邋兮"。垃圾，自然是污秽之物，而在陈墩镇更有把人贬称为邋兮的，被称为邋兮的人，往往在人品上是被众人所不齿的，只是被称的是男人尚可以在人面前抬起头来，若是被称的是女人，那绝对在人面前少了颜面。

上个世纪，陈墩镇有一个被众人称作"邋兮千金"的女人，关于这女人的一些并不光彩的事情，几乎在我还很小还很懵懂的时候就听人有板有眼地传说了，大半个世纪传下来，邋兮千金的风流韵事，几乎可以写成一本厚厚的长篇色情传记小说。我记得我最早见邋兮千金是我五六岁的时候，我外婆牵着我的手，让我叫她姨婆，她正戴着一副手套在镇上仄仄的石板街上扫邋兮（垃圾），我不愿叫，之后也一直没叫过，外婆就说我小孩子不懂事，外婆说其实我是应该叫她姨婆的，我们之间的亲还不出三代呢。之后，我听众人把邋兮千金作为茶前饭后的谈资，便愈发觉得跟她沾亲带故是奇耻大辱，尤其是在所有人都能知根知底的老镇上。从众多的传记版本中，我大体晓得了邋兮千金的一些身世。早年，她是作为偏房嫁到镇上的大户陈家的，只是从嫁过来的那天起，陈家的大房就一直病快快地躺在床上，后来也就死了，也没能生养。她男人是那时的镇长，到了四九年初自知在镇上待不下去了，就逃了出去，逃的时候原本是要拖着邋兮千金一道逃的，只是邋兮千金死活不肯，那时的邋兮千金已经身怀六甲，这是好不容易才得的喜。对于这，镇上有好几种版本，有的说镇上有个祖传看妇科的中医郎中，是邋兮千金的相好，说是镇长早年犯恶被人打坏了腰子无法生养是那郎中帮他传的种接的代，邋兮千金自然要跟郎中；还有人说，邋兮千金嫁过来前一直有个青梅竹马的小阿哥，家境穷几十年了一直没有成家，只是随邋兮千金来到了陈墩镇在洪福桥头帮人扎洗帚苦苦维持生计。镇长逃脱之后，邋兮千金便

生了一对龙凤胎。之后一直在镇上扫邋邋遢，以此来维持生计。有人说，这邋遢千金也是个做得出的人，一把眼泪一把鼻涕跪在镇长面前，才讨来了这扫邋遢的活计。

人都说邋遢千金风骚，扫地也不安分。人倒是长得很标致，高胸蜂腰，屁股鼓鼓的，两条腿笔挺，只是扫起地来，两腿总是叉着，这在陈墩镇大人的眼里是很下作的姿势，而且蜂腰扭着，屁股翘翘的，终年戴着双糙白的手套，有点招摇，以至扫地的邋遢千金天天被陈墩镇的女人们叼在嘴上恶骂。而且，总有那些不安分的男人去招惹她，常常冷不防在她毫无戒备的时候在她翘翘的屁股上拍一下，惹得半街的骚叫和一街的唾骂。

女人们的愤慨激起了镇上中学校里正在闹罢课的红袖章们的正义感。十几个红袖章便要把邋遢千金作为头一个斗争对象。当时的情景我还依稀记得，时间好像是六七年的秋天，场地是现成的：陈墩镇仄仄的石板街；道具也是现成的：邋遢千金平日里劳作的扫帚和畚箕，用麻绳悬挂在她的胸前和背上，有个女红袖章尤为愤慨，因为她娘曾经为她爹拍邋遢千金的屁股大闹了半年，已经闹得家里灶上没几只好碗了。这红袖章便叫人将邋遢千金擒着，愤怒地把她的头剃成了鸳鸯头，也称阴阳头，更让人称绝的是让她手持破鞋敲畚箕，惹得满街的坏笑。我的同学中有说，这邋遢千金被人如此作践，定会自杀的，也有人说不会的，于是我的同学中有为邋遢千金是否自杀或如何自杀的问题打起了赌。有人赌她上吊，有人赌她投河，有人赌她吃砒霜，有人赌她割手腕，等等。然第二日一早，邋遢千金竟然背着串破鞋，仍在石板街上扫着邋遢，只是邋遢千金的名声已经太臭，所有想与不想拍她屁股的男人都不去拍她的屁股了，这可气坏了我的那帮同学，输急了的他们，一个个扑上去扇她的耳光踢她的屁股。之后的邋遢千金就一直这般挂着破鞋扫街，镇上的人闹腾过了也就懒得再去理会她，只是一个个都说这邋遢千金也就邋遢到底了。

只是到了七七年冬里高校招生七八年初春发榜时，邋遢千金着实露了一回脸，原先在乡下插队的双胞胎兄妹竟然双双被清华大学录取了，这是镇上自四九年以来还从没有过的大事，只是镇上也有人在说，私生子就是聪明。

去年年底，我被唤回陈墩镇吊唁，吊的是邋遢千金，其实她确确实

实是我的姨婆，不出三辈的亲眷。灵堂里挂着我这位姨婆的相片，相片上的姨婆少有的安详、少有的标致，到了这个时候我方听人们说其实我的这位姨婆的标致是骨子里的。

姨婆的儿女回来了，他们在外这么多年一直是非常体面的人，于是丧事自然也办得很体面。整个吊唁活动都是由镇上热心人帮助的。

吊唁的场面少有的热闹，像是在演一场似是要封场的大戏。也按镇上的风俗，备了九十几只寿碗，结果很奇怪，虽说我姨婆一世背个臭名声，然她的那些长寿碗还是被"偷"得精光；更热闹的是，竟有好多远非亲眷的人偷偷花了钱买来了纸钱锡箔，请了专业哭手过来为我姨婆哭丧。哭手哭：亲娘姨啊好娘姨，你到极乐世界后，千千万万不要记仇某某人啊，娘姨大人啊，你是大人不记小人过啊。据说，那些小人的名字就写在红纸包里，随着纸钱、锡箔一起烧给了我姨婆。

说实在的，被人叫了几乎大半生邋兮千金的我姨婆，一直到吊唁的那天，我方从她的身份证上看到了她的真姓大名：陈顾氏大妹；出生：1909 年某月某日。

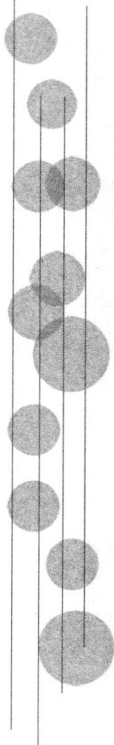

芋艿头

芋艿头，本名姓于，从小喜欢充大佬，且为人圆滑，故镇上人都称他芋艿头。芋艿头成为陈墩镇上最早最时髦的玩家，这还是七几年末八几年初的事。

那些年里，新奇的东西一下子多了起来，而且都是一些镇上人尤其是喜欢赶时髦的小年轻们看也没看过、听也没听过的新鲜玩意，又新奇又时尚，常常让人拼命追捧、欲罢不能，而这些新奇玩意又总是由芋艿头率先带回镇上，让人开了眼界的。

芋艿头初中没毕业就去投奔沪上的舅舅，据说芋艿头的舅舅是沪上一个什么区里的大干部，舅舅让芋艿头学了一些手艺，便介绍他在沪上帮人家企事业单位做些水暖电气活。芋艿头，是个聪明人，好玩，又好结交朋友，自然在沪上玩得很好，回到镇上便把沪上玩得很好的一些新奇的物件带回来。

毋庸置疑，是芋艿头第一个把邓丽君的原声源源不断地带入了陈墩镇。那些抽肠去骨袅袅不绝的靡靡之音在古老、呆板而空洞的老镇石板街上幽灵般飘过来荡过去的时候，曾一度引起老镇人心里说不上的不安、恐慌与焦躁，听惯了红色京剧铿锵之声的耳朵，受不了这天外般飘来的柔歌软曲，好多人怦然心跳，也有人脸因此潮红了，更多的人在这天籁般柔无肠骨的声音里，直觉得浑身骨头都要酥了。

第二天，镇上人终于见到了芋艿头，一头披肩长发，乍一看，定以为是个女人，后来便有人称其为阿姨叔叔头；下雨天戴着副大墨镜，墨镜上粘着片洋文标签；花格子衬衫大翻领，配着条紧臀的大嗽叭裤子，最让人不可想象的是那种叫三洋的录音机原来是那样玩法的，拎在手里招摇过市玩得是别人的眼球。

芋艿头的时髦玩意，让老镇上的小年轻眼馋不已，那些天则天天盯着芋艿头玩。芋艿头倒也是个爽直够哥们义气的人，回沪上时，便把录音机和里面的录音带都留给了追随他最近的几个小兄弟，于是小文三、阿四头他们也能整日整夜拎着个大喇叭的三洋幽灵一般在古镇上游荡。

芋芳头是几个月回镇一次的，那时出入陈墩镇靠的是航班，去沪上虽说两百来里路，但得乘上大半天的航班还要转车，若是遇上大风起雾天气还要停航，很不易的。芋芳头每回回来，总要带回些新的歌带，也带回些更高级的录音机，镇上的哥儿们开始见识到了什么是单声道单喇叭、单声道双喇叭、双声道双喇叭，双声道四喇叭、甚至更多的喇叭；那邓丽君在那么高级的录音机放里，一唱更是唱得人神魂颠倒，茶饭无味；那歌词更是可人，有谈情说爱的，有恭喜发财的，说不尽道不完镇上人想听不敢听、想说不敢说的话语。镇上同样喜欢赶时髦的哥们姐妹们，都以能结交上芋芳头为荣，更以能得到一盘即使是已翻录过无数遍的邓丽君录音带为最大的幸事，若是谁得到了芋芳头玩过、玩腻的双喇叭、四喇叭，则也将是镇上被哥们姐妹们追捧的人物。至于如何得到的，给不给芋芳头钱，大伙儿一律守口如瓶，外人无从知晓。只是不管如何，芋芳头手中总留着最好的录音带、最高级的录音机、最好最时尚的小物件，这使得芋芳头一直在哥们姐妹们中间，是一个头上具有光环一般的顶级时髦人物，以至于家喻户晓，镇上有不认识镇长的人，但没有不认识芋芳头的人。

芋芳头一次次带回大上海时髦玩物的同时，也带回了外面花花世界当中荒诞、叛逆、怪异的意念与做派。有人说，有人看见芋芳头带着人半夜里在镇南公墓树丛里跳裸体舞，男男女女好几个，跳舞的音乐很怪气，那跳舞的姿势更怪异。一时间，古镇上上了年纪的老人和正经生活着的男人女人开始用一种近乎仇视的眼神看着三三两两穿着奇装异服招摇过市拎着四喇叭的年轻的芋芳头的追随者。

终于有一天，沪上和县里来的警察把才到家的芋芳头堵在了被窝里。据说，警察在芋芳头的家里搜出了好多他们要找的物件。原来，芋芳头在沪上一直与人一起干着入室盗窃的勾当，还大肆销赃，而芋芳头却对一些沪上时髦的玩意情有独钟，无忌张扬的做派，终为他们的勾当留下了好些破绽。后来，芋芳头在沪上被判了刑，罪名不少，据说还犯有一些恶毒的流氓罪，险些被枪毙，只是举报了好些同伙才保住了自己的小小性命。

芋芳头因此被关了好多年。据说，前不久，有人在陈墩镇的老街上见着了他，头发全秃了，着了身不合体的衣衫，一副萎靡邋遢的样子，让人简直不敢相信是他。

留 门

陈墩镇是个老镇，老镇有好多石库门的老房子，转弯抹角的，坐落在一条条小弄堂里。老房子的门都很沉重，一推便嘎吱嘎吱直响，尤其在深夜里，让偷情的男女煞是烦恼。

阿关就住在石库门的老房子里，是祖上传下来的家产，单门独院，楼上楼下七八间房子，本来是几个兄弟平分的，只是其他几个都在外地工作，平时很少回来，空着也就空着了。

阿关在镇上小兴隆商场当经理，这几年镇上搞旅游，小兴隆商场生意不错，当经理自然要比店员来得滋润，这不，儿子一读初中就被送进城里的全日制寄宿学校，一出手就是两万块资助，平时学杂费还不算呢。心里滋润着的阿关，日子也过得滋润，打打麻将，泡泡舞厅，时不时还叫人或被人叫去喝上几杯老酒。滋润着的阿关自然成了夜猫子，每日午夜打回是常有的事，他老婆莹莹也懒得问讯，每晚看看泡沫似的肥皂剧，打打毛衣，一个人乐得清闲。

其实，这阿关，也不是常常去打麻将、泡舞厅的，每晚他去得最多的还是镇上另一处石库门，穿过一条黑乎乎的小弄堂就是，也是单门独院，只是院里住着两户人家，一户是中学的老师，夫妻俩都是外地人，平时常关门闭户亮着灯，从来不过问别人家的事；另一户住的只是他商场的芦花，二十八九岁，带着个三四岁的儿子。这芦花，可是镇上挺出挑的女子，脸蛋模样俊俏，身材也好，说话更是甜丝丝的，只是她男人不知中了哪门子邪，生意不好好做，跟人合计着诈人钱财，结果被人告发，蹲了班房，单身的芦花自然得到了阿关的好多照顾，阿关在芦花那里也如鱼得水，每每如新婚燕尔，乐不思蜀。只是那石库门的门实在是恼人，石库门的门是老门，老门有枢，枢在门阴子里转动，便发出嘎吱吱的轰响，特别是夜深人静之时，这种轰响更是惊人魂魄的。然芦花也

是聪明人，几次轰响之后，芦花便事先准备了把旧茶壶，每每入夜时只需在门阴子里浇上些水，那门就绝对没有惊人魂魄的轰响了，阿关只需轻轻一推便是，这门自然是芦花有意为他留的。

每天午夜，阿关总是准时回家，每每回家，老婆莹莹也为他留着门，那门也是石库门的老门，一推也是嘎吱吱地轰响，夜深人静之时，几乎半条弄堂都能听到，推自家的石库门虽也轰响，但阿关总觉得心里挺舒坦，这是一个过着滋润日子的男人特有的舒坦。

然突然有那么一个深夜，出差提前回家的阿关，习惯中推自家石库门的老门时，犯疑惑了：这门怎么啦?! 自家的石库门竟蔫蔫的没一点儿声响，阿关不由得心惊肉跳、心猿意马的，再试，也是这般。小心地按着打火机，借着打火机微弱的亮光，他竟然发现，那门阴子里也浇着水，一边不易发现处竟也放着一把他早已不用的茶壶，一摇竟也盛着水。

阿关蒙了。没想到自己老婆莹莹竟也留着门，当然不会为他而留。他想冲进老屋，但又生怕担心的事成为事实。极度的矛盾与不安，令他一时六神无主。一支烟工夫，阿关终于像贼一般在夜幕中消遁。

第二天，假装出差回来的阿关回了家，老婆莹莹一见吓了一跳，那阿关两个眼圈黑黑的，像只大熊猫。

自此，阿关再也不敢半夜离家半步。

目 击 者

　　阿群从银行提了一笔公款回厂，开车经过镇北十字路口时，遇上红灯。

　　正当阿群焦虑地等着红灯的时候，一个平顶男子隔着窗户跟他打着手势示意，看那神情很急，又像是个哑巴，似乎在好心地告诉他，车子后面出现了什么问题。阿群便随他的示意下车查看，可就在这时，副驾驶车门被人打开，阿群那装着好几万元现款的小包被人一拎而走，阿群急呼，抢劫啦，奋起直追。只见有人驾摩托车从后面飞驰而来，那拎包的男子跨上摩托，仓皇逃窜。然就在这时，却被一辆赶黄灯的轿车撞上，伴着巨大的撞击声，车和人摔出去很远，横卧路口，鲜血直冒，阿群急急冲上去拿回了自己被抢的包，现场一片混乱。一会儿，阿群被随即赶来的交警留下，说是做目击笔录。

　　整个事件，几乎发生在瞬息之间。被撞的摩托车上的两人，送医院后，一死一伤。撞人驾驶员是个新手，姓魏，一个镇的，阿群自然认识，飞来横祸让他战栗不已，他拉着阿群的手一股劲地央求，大哥，你可得为我作证，你可得救我啊！阿群给他留了自己的厂里、家里和个人的所有电话号码，宽慰他，我会为你作证的。紧接下来的便是旷日持久的取证、调解。负责事故处理的交警，详细调查取证。阿群的被劫属于未遂，而与一死一伤的交通事故相比，已不足一提。阿群一些被劫的陈述，显得有点多余。

　　出车祸的对方，其实是兄弟三个，死的是大哥，伤的那人，与平头哑巴一模一样。后来阿群才知道，他们是孪生兄弟，那哑巴是装的。家在百里之外的邻省镇上。整个事故的过程非常明晰，摩托车闯红灯在先。只是死了人，他们占了上风，披麻戴孝抬着个瞎眼老娘，上魏车主单位大闹，又去镇政府大门口伏地求公道，一时间闹得陈墩镇鸡犬不宁。魏车主东躲西藏，时不时跟阿群打电话，央求，大哥你可得救我啊。最后，对方甩出了杀手锏，一死一伤，要求赔偿一百万。魏车主实在顶不住，跳了河，被人救起，神情惶惑一直住在医院里。对方追钱无果，又抬着瞎眼老母三天三夜绝食于镇政府大门口，惊动了镇里所有的官员，责成交警部门认真处理。于是，再一轮的调解，拉开阵势，最终魏车主被逼无奈，卖了车赔偿了十三万六千元，才把事态平息。而阿群指证他们抢劫，却在整个调解过程中显得势单力薄。

可没想到，事过三天，阿群又一次成为目击证人。那天，阿群开车经过镇西时，被路边混乱的追杀场面所震惊，只见两人手执利器，正在追杀搏斗。阿群一眼便认出，那是曾劫他钱的双胞胎，假哑巴。追杀的结果是双双倒在血泊之中，一死一伤。

当警方寻找目击者时，阿群去了，听了整个庭审，阿群看到双胞胎中活着的一个，也看到了他们瞎眼的老娘，木然坐着。

法庭上取证，水落石出。兄弟俩，为了争那笔死人赔偿款，明争暗斗，最终兵刃相见，又一次闹出人命。

最后宣判，害人命者，处以极刑。

一时间，瞎眼老母呼天抢地长跪在地，磕头求情。

看得出，哭瞎双眼的老娘，心早麻木。其实，她不知道，吸毒让她三个好端端的儿子走上了绝路。

驱 邪

陈墩镇周边老村落改造时，潢泾村几百户村民搬进了陈墩镇新居民区，这是陈墩镇历史上可以写入地方志的大事。潢泾村村民全都华丽转身成了陈墩镇居民。有的新买了商品房，有的自己造了别墅，过上全新城镇居民的生活。

阿苏家，原本在村里家底很好。拆迁后，便在新的居民区内买了八分地造了一幢样式新颖的别墅。别墅是幢三层楼，煤气卫生冷暖设备一应俱全。

自从搬进新宅，阿苏家的日子过得挺滋润。

一日，天气闷热，阿苏先在家洗了澡，便匆匆赶去厂里上夜班。阿苏走时，儿子又接着洗澡。过了半个时辰，阿苏老婆打来电话，声音蔫蔫地说，阿苏，你快回来，我心里憋得慌，儿子也不舒服，上楼去了。

阿苏顾不得请假，骑了摩托车，一溜烟赶回家。一看，不得了，老婆倒在地上，不省人事。

阿苏奔院里一喊，住在附近的老爸老妈阿哥阿嫂全都急急赶来。这个按人中，那个敷冷毛巾，折腾一番，阿苏老婆仍昏迷着。

阿苏老妈偷偷拉过阿苏说，定是中邪了，听老辈人说，这宅基上，湖匪杀过人，邪气足，还是去请娄婆来驱邪吧！

娄婆是方圆几十里有名的神婆，四周村里村外的人，有啥病啊灾的，都请娄婆驱邪避妖。阿苏应命，急急开摩托车把住在不远处的娄婆给载了过来。娄婆一来，支香炉点香，贴神符，舞动四肢，驱邪避妖。一会儿，新宅里，烟雾袅袅，阴气森森，众人的眼珠随着神婆夸张的手势转动，一个个大气不敢出一声。

阿苏老婆仍昏睡着，不一会儿，阿苏老妈也觉得头沉沉恹恹欲睡。

娄婆迅即在阿苏老妈身上作法，说是妖气已附到阿苏老妈身上去了。

又一会儿，众人都觉得昏昏沉沉，四肢软软，东倒西歪。娄婆先是声嘶力竭的，后来突然一屁股坐在了地上，人一歪，没了声音。众人不知深浅，都觉得昏昏沉沉的。

阿苏潜意识中有点慌了，摸索着拨了110、120，警车、救护车先后赶到。医生一到，看过阿苏老婆和众人，急叫，快快送医院！

110警车、120救护车闪着灯鸣着笛，把阿苏老婆和众人送进了医院。挂点滴的挂点滴，进高压氧舱的进高压氧舱。抢救了好大一会，娄婆狂叫了一声"妈啊"，第一个醒来。阿苏老婆中毒深，在医院里昏昏沉沉睡了好几天，做了好长一段时间的高压氧，才渐渐恢复。

住院时，主治医生说，你们若是再晚一步，就要出人命了。

煤气中毒过后不久，阿苏家又出事了。儿子温习功课时，突然奔去厨房间取饮料，不料奔得快了些，脚下没刹住，在新铺的地砖上一滑，朝天一跤，把尾骨给摔裂了，趴着在医院里整整住了一个多月，耽误了不少功课。

为了让坏事不过三的老话不再应验，阿苏听娄婆的指点专门去买了一口缸，在自家院子里摔了。谁料想，摔得过猛，碎片在院中石阶上反弹过来，竟弹到自己的眼球，瞬时间，鲜血直流。又是120救护车过来，送医院一检查，一只眼睛伤得不轻，看了半年医生，动了几次手术，眼球是保住了，但视力却一点也没了。

阿苏听爹娘的，让娄婆过来好好看看这新洋房到底是哪里出了问题。

娄婆过来了，作了法，花了好长时间，累得也够呛，好不容易整住了一些小鬼，只是有一个游魂，被新洋房压着一半，娄婆的法力够不上。要么请比她法力更高的神婆，只是方圆三百里内，没有一个比她法力更高。要么好好地供着，但现在的年轻人根本不晓得如何供。再就是把洋房搬一下，把压在洋房下面的游魂给放走。

阿苏夫妻听了，似信非信。阿苏爹娘说，你们不要不信。这种事，你们不信，它会让你们信的，到时后悔了，没有后悔药吃的。

商量来商量去，最后，阿苏夫妻缠不过爹娘，还是听了娄婆的忠告，搬开新洋房，把压着的游魂给放走。

娄婆选了个后半夜，供了好多祭品，焚香作法。阿苏专门叫了十几个民工黑灯瞎火地拆房子。人家还以为是在违章强拆呢，心里惴惴不安的，生怕冷不防闹出啥大事来。

房子拆了，娄婆这才把游魂客客气气地请走了，也把一些跟着瞎闹腾的小鬼给赶走了，选好了新房子的位置，让阿苏家放心再造新房。

只是待阿苏请来的建筑工程队开进院子，一边备料一边在开挖地基时，镇建管所的人带着县行政执法大队的人过来叫停。原来的房子，啥时候拆的，他们不知道，没办法管。新房子要建，没有审批，谁也不准建。

折腾了几个月，新房子终于重新建起来了。只是建房时，娄婆让偏过这偏过那，造出来的新房子变得怪怪的。

造好房子，阿苏一盘算，几十年的积蓄打了水漂不算，还借了一屁股的债。

求　助

南京回来，阿星让自己慢慢地平静下来。回到家，他便开始用生疏的笔写信。他写的是求助信，写了好几封。他觉得该写的或者可以写的，都写了。

阿星原先是陈墩镇农用机械厂的技工，在厂里很受人敬重，实在是工厂经营不善生产每况愈下，最终负债累累发不了工资关门了。阿星下了岗。阿星婶是早年阿星在乡下插队时找的陈墩镇乡下的姑娘，也没多少文化，到镇上后没正式工作，靠打临工补贴家用。阿星婶身子也不怎么好，前段时间一场大病用空了家里几乎全部的积蓄。阿星下岗，没能找到新的工作，靠微薄的政府补贴，过着日子。庆幸的是女儿小鞠很争气，去年高考时，以全校最好的成绩考取了南京农大。只是每年都要的学费和生活费，让阿星费尽心思。

阿星的信，确实是求助信。阿星脸皮薄，以前家里日子再拮据也不吭声。这次，他觉得非写求助信不可了，信是准备发给他在镇上和附近的一些亲朋好友。写好了信，他小心地点了又点，最后迟疑了半天，还是把它们塞进了邮箱。

几天过去了，亲朋好友们反应漠然。没有一个人上门，没有一个电话打来。他始终放在手边的小灵通，一直没有响过。

阿星这才装作有事没事的样子上街溜达。

有回在嘉顿饭店门口撞见阿龙，他们是很近的亲戚。阿龙做点生意，收成蛮不错的。打过招呼，阿星欲言还休，最后还是迟疑着小心探问："阿龙兄弟，我给你写了封信，收到了吗？"

阿龙挺豪气地说："这年代，还写啥信？有事打我手机就成，二十四小时候着，星哥，最近没啥难处吧？婶子还好？有啥事，对兄弟吩咐一声就成，记着，星哥。"

看着阿龙上了车，阿星确信阿龙压根儿就没收到信。唉，这邮局也真是的。

第二天，阿星照例上街溜达，遇上了阿源，是原先很亲近的哥们。一见阿星，阿源就唠叨不停，说他家老有陌生人惊扰，一会儿牛奶箱被撬，前几天，连信报箱也被人撬了，满是遗憾。

看着阿源远去，阿星确信阿源的信报箱确实被人撬了。唉，好好的干吗去撬那玩意，真不是时候。

……

又几天过去了，亲朋好友们仍反应漠然。照样没有一个人上门，没有一个电话打来。他放在手边的小灵通，仍然一直没有响过。阿星一个人默默地想，这求人的事，真的很难。

一个礼拜后一个风雨交加的晚上，阿星正准备上床歇息，有人敲门，开门一看，是大师兄奎哥。

奎哥一进门就嚷嚷："兄弟啊，我跟车出去帮人家检修车子，跑了趟长途才回来。见你那信，我这就赶来了。兄弟，我知道你的脾气，没特别的难处，轻易是从不求人的。我老哥手上的钱不多，这八千多块，原本是为儿子读书留着的，前些天儿子来信了，这小子有能耐了，说是打工赚了些钱，让我少寄些。这不，你先急用吧，不够的话，老哥再想想其他法子……"

奎哥也下岗了，只是奎哥有修车的技艺，饿不着。奎哥的儿子也争气，在北京读研。

阿星一激动要握奎哥的手，奎哥急急让过。这一反常的动作，让阿星觉出了异样。

阿星问："奎哥，手臂怎么啦？"

奎哥说："不碍事，这回不巧，路上车子出了点事，但过去了，不碍事。"

拿着钱，阿星眼眶湿润了。

半月后，从南京过来的律师，找到奎哥家，把一张大额支票递给了奎哥，奎哥一见那上面那么多的零，人惊得浑身发怵。

"这……这……如何是好？……"

律师说："这是我的委托人让我转交给你的，他中了迄今为止全省最高的一个福利彩票大奖，在我们那里留了一大笔钱，说是分给亲朋好友

的，只是他想给真心帮助过他的人，他试了，决定给你……"

不知虚实，奎哥拉着和律师一起赶到阿星家。敲开门，门里出来一个陌生人。一问，说是新房主。

新房主说，他才买下这房，他是来陈墩镇打工的，没想到捡了个大便宜。那老房主去哪，他不知道。只是房里的东西，都留着。

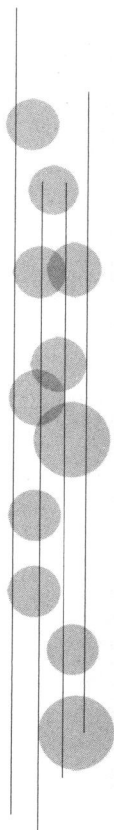

劝 哭

阿朋爹去世的那年，阿朋正二十岁。那天，阿朋从高考补习班回来，匆匆做了些饭菜去唤爹，见爹没声响，推着再唤了几声，见爹已没了气息。

阿朋愣愣地跑叔叔的蟹摊前，瓮声瓮气地跟正忙乎着的叔说，叔，我爹没气了。叔没好气地说，咋会呢，晌午时我还过去伺候过他的呢！说着，撂下活，推上摩托带上阿朋往家里赶。到家，推推自己的哥，摸摸，见哥确实去了，挺安详地撂下一切无声无息地走了。

半晌，叔冲阿朋大吼，傻在那干吗？去叫人啊，二姨婆、三叔公，镇上自家的亲亲眷眷，都去告上一遍，快去呀！

阿朋去了，二姨婆、三叔公，镇上自家的亲亲眷眷，全都跑了个遍，挨个告诉他们，我爹没气了！凡在家的，得着讯的，全都颠颠地赶阿朋家去。

其实，阿朋八岁时，阿朋的爷爷过世，阿朋爹也是这般让他跑着去告诉叔、二姨婆、三叔公和村里所有自家的亲亲眷眷的。那回，待所有的亲眷聚拢来时，二姨婆先是不快了，冲一旁的阿朋骂，阿朋，你爷爷去了，也不哭上几声啊，你这小孽种，你爷爷白疼你啦！

这回，阿朋的爹去了，待一些近的亲眷聚拢来时的头一句话自然又是众人的责怪，说阿朋你爹去了，你咋不哭几声啊！二姨婆虽说老了，气头仍不小，骂道，阿朋，你爹去了，你还不哭呀，你这不孝的孽种呀，你爹算白疼你啦！

其实谁都知道，阿朋爹瘫在床上的这么好几年里，儿子阿朋还是非常尽心伺候的，又要读书，又要自己想着法子从湖里摸些活络的生活钱，更要没日没夜地伺候瘫在床上的爹，确实难为他了。只是似乎阿朋爹的走是早晚的事，对阿朋来说，料理爹的后事，就跟常日伺候他一般，默默地、木木地，没有一点要哭的冲动与迹象。

二姨婆、三叔公急了，唤了阿朋的叔，跟几个很近的亲眷私下里商议。二姨婆说，这阿朋，从小就好像没有哭过，他娘打他骂他，他没哭过，在外面，别的小孩子欺他打他，他也没哭过。他爷爷过世，都叫他哭，他没哭上一声。这么大的亲儿子，不为自己的亲爹哭上几声，是要被镇上人说的，这事左右邻里一传就要传开的，要是担上个不孝子的臭名，一辈子也甭想抬起头。再说了，这阿朋爹，也是挺可怜人，年纪轻轻就瘫了，没有享着福就走了，再没有亲儿子哭上几句，走的时候是进不了好去处，要成孤魂野鬼的。

众人虽都知道二姨婆有点迷信，但毕竟二姨婆在家族中辈分长，先前一直是妇女队长，女强人一般的强势人物，家族里的好多事都由她撑着，众人自然觉得她说得有理。即使不讲迷信，亲爹去了，按理也该是伤心的事，这么伤心的事，亲儿子不哭几声，自然是说不过去的事。

于是，阿朋叔走过去跟阿朋说。叔很强硬，说，我跟你小子说，你爹去殡的时候，你还是这副虫样，不要怪我叔叔蛮不讲理。

三叔公也拉阿朋用好话劝着说，讲阿朋爹如何在他小的时候，虽说自己腿脚不便，还是一把屎一把尿地拉扯他长大，说到动情处，自己先已是老泪纵横。

二姨婆是最后一个拉阿朋说话的，二姨婆一会儿好言相劝，一会儿又用迷信的话吓唬他。

众人想，这般劝，阿朋纵然没有泪，想上去干哭几声干吼几声还是会的吧！

第三天，阿朋的爹在众亲眷的帮衬下，终于要出殡了，按镇上的规矩，一长者在门口捧掉一只旧甏后，就出殡，这时伴着的该是惨惨的号哭，以示家人的不舍、家人的依恋、家人的悲伤，而阿朋，只是捧着亲爹的相框，默默地跨出家门，仍没哭一声。

三叔公气不打一处来，大骂不孝之子，气得差点背过气去；二姨婆恼了，开始骂骂咧咧的；阿朋叔更是憋着火，待出殡的队伍走出家门时，终于忍不住了，紧走几步，朝阿朋后臀上飞起一脚，阿朋没防备，被踹了个趔趄，跌扑下去，相框碎了，脸重重地蹭在砖地上。

阿朋支撑着爬起来，血从手上、脸上涸涸地淌出来，众人见了，心想，这回这犟小子该哭了吧！

然好半晌，阿朋只是小心地捡起爹的照片，又缓缓地朝外走去，众人仍不见他哭。

二姨婆见状自己反倒哭了，边哭边说，这从小没娘的孩子已经不会哭了，不要再去难为他了，由他去吧！

其实，众人都知道，阿朋爹很早手脚残了，一直娶不上媳妇。阿朋娘是阿朋爷爷花了钱买来的。阿朋娘刚来的时候，一直闹得要跑掉，只是被爷爷硬拦着，吃了不少苦头。后来，爷爷过世了，也就没人能硬拦了。阿朋娘走的那年，阿朋九岁，阿朋很懂事。阿朋娘问阿朋，娘要走了，你会哭吧？阿朋说，我长大了，我不哭！于是，阿朋娘走了，阿朋果真没有哭，只是自此以后就一直没见阿朋他哭过。

送走了爹，阿朋离家去寻找走了十一年的娘。当阿朋千辛万苦终于在一座大山里找到自己亲娘的时候，一下子哭得死去活来。

特 困 户

春节一过，李薪就被局里抽出来到陈墩镇搞扶贫帮困工作，去的又正好是当年插队的银泾村，扶贫名单上的头一户恰恰又是人称"石灰爆"的强有根。想当年，他可是银泾村大队威信最高的大队书记。五六个自然村的父母官，这在当时可是个呼得了风唤得了雨的人物。李薪在去的路上一直在想，三十来年没见，他这快奔八十的人不知到底咋样了。

进了村来，李薪发现，村里除了自己当年住的破败的小红房子还在外几乎所有的农家都盖起了新楼房，有好几幢还是挺洋气的小洋房呢。一路走去，村童相见不相识，听说要到强有根家，众孩童奔着为李薪引路，嘴里还高喊着，犟痴子家来客人啦，犟痴子家来客人啦！

李薪假嗔着想要喝住他们，但一切都是白搭，因为被孩童唤作犟痴子的强大龙不知从哪里钻了出来也正欢天喜地地跟在孩童们闹腾着朝自家老宅跑。

强大龙跟李薪同岁，属牛，建国那年生的，三十来年不见，他也老了，只是疯得更厉害，见了李薪则是一脸的痴迷，早不知李薪是谁了。想当年，他们可是好得像双胞胎一样的好弟兄。没事，他老往李薪他们的红房子里钻，插队青年在乡下老闯祸，闯了祸，都少不了他的份。为此，他没少挨他当大队书记老子的臭骂。因为常跟李薪在一起看《牛虻》说冬妮娅，在村里他成了另类，就因为他跟李薪一样穿鲜红的游泳裤，没少受村里人的奚落，都说他，你也配穿那红布条条？可谁知道他为了这红布条条省吃俭用攒了好几个月才在去上海运黑泥的时候专门去南京路跑了好几家商店才买上。

正因为跟插队青年瞎胡闹成了村里的另类，所以大龙一直到了二十五六岁还没对上对象。这四周村里，规矩人家都躲着不愿把闺女许给他，虽说他爹是大队书记，是村里说一不二的人物。谁都怕他以后侍弄不了田里的活，只能跟着他喝西北风。而大龙呢，又一个个看不上人家，娃娃亲被他闹腾着退了，外村来说媒的，他一概不见。他的心思李薪知道，他心里只装着一个人。

其实，他从好几年前就暗暗地喜欢上村里的插队女青年西梅。其实，论长相，西梅并不出挑。这江南的水本来养人，村里的妹子一个个都嫩嫩的，谁都长得比西梅好看。西梅不只不好看，出身还不好，她爹是苏城一家大米行的小开。大队书记的儿子跟资本家女儿结亲，是不可设想的事。只是一种说不出口的滋味在他们之间慢慢地演化，使他们老是缠绵在一起。村东头那个牛牵水草棚是他们常常幽会的地方。

做大队书记的强有根自然不依，叫上大队里的民兵轮流看住他们，不让他们见面，不让他们说话，更不让他们之间有任何纸条来往。强有根亲自赶苏城通过街道组织找到西梅的爹妈叫来训话，告诉他们假如他们不管住自己的西梅，再跟大龙有所来往，大队里就扣发她所有的大米和菜油。又后来，强有根干脆找镇书记，把西梅迁到了镇上最偏远的虬村，让儿子大龙好彻底断了这念想。

不一会儿，李薪在众孩童跟大龙的牵引下，来到了强家。老瓦房还是当年的老瓦房，只是比当年不知老了多少，再加四周楼房的映衬，这老瓦房更显其苍老。

强大伯正在自家的场院里忙乎，大伯确也老了，头发全花白了，脸黝黑而清癯，背微驼着，那双老树根一般的手，指骨突现，指节弯曲着。

没想到，大伯眼神很好，一眼就认出李薪就是当年的插队青年。

那晚，李薪就吃住在老书记家，就着新年里差不多家家都有的腌鱼腌肉，喝了点自家酿制的米酒，边喝酒边跟大伯拉起了家常。

那老瓦房老是老了些，但收拾得很干净，这都是犯老腿病的大婶拖着病腿收拾的。那灶间的墙还是当年那么黑乎乎的，对李薪却有一种久违了的温馨，想当年他们那些小插队实在馋得慌了，就在这打上一回回牙祭，那锅里出来的吃食真的比啥山珍海味都好吃。

喝着酒，这位当年的老书记没有一点唉声叹气的，说起今后的打算声音还是那么的爽朗，说趁现在自己还动得了先养上几十头猪，积些钱，把老太婆老腿病、儿子的疯痴病治治。看着已疯累了的老儿子，老书记呷了不多的一口米酒又说，现在老了，回过头来好好想想，我当书记这几十年，没为自家图过啥讲不清的利，眼看得村里一家家一户户富了起来，我还是过去那个老样子，但我心里很舒坦，晚上睡觉也挺安稳的，我知道自己年纪大了自然闹腾不过年轻人，这也很正常。只是，想来想去，我有一桩事确实是办错了，就是千不该万不该仗着书记的权势，逼走了西梅，逼疯了大龙，唉……

老书记说的时候，眼窝里似乎噙着些泪花，灯光下一闪一闪的。

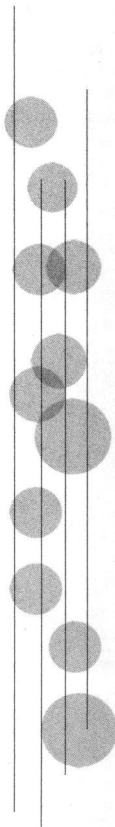

傻傻男孩李里

　　从来没有什么事让冯岚陷入如此尴尬的境地。下午最后一节课上，冯岚突然来了尴尬。那个突然可以说突然到了令冯岚措手不及的地步，几乎在一瞬之间，冯岚生理上突然如泥石流一般崩溃了，一点没有预警，冯岚只觉得脑际轰的一下，感到天就要塌下来一般。她的心怦怦直跳，她真不知道该如何应对这生理上突然的崩溃。她只能一动不动地在课桌上趴着。

　　冯岚是随着父亲部队转业而转来陈墩镇中学读书的新生，因为才转来，使她没有任何相知相好的同学。更因为她相貌平平，使得她在班上没有能显山露水。尤其是同桌莉莉，似乎不屑于她因为随父亲在大山里待得太久而成的土气，很少搭理她。

　　冯岚趴在桌上，只觉得一股温湿的液体在坐凳上汹汹地漫延开来，本能让她屏气静心，不敢轻易动弹一下。

　　好不容易挨到下课铃响，整个教室移动课桌、坐凳的声响，让冯岚惊慌，生怕稍一晃动就会引发新一轮的崩溃。

　　好不容易，满课堂的同学离开了，值日的同学打扫完了教室，一扇扇窗户关上，也一个个离开了，冯岚真正感到度日如年的滋味。这时，冯岚在想只要是哪个女生这时候帮她一把，她以后一定会好好谢她的。然让冯岚心寒的是，没有一个女同学来问她一下，这让她很伤心。

　　不知道过了多长时间，教室跟校园都已寂然无声。冯岚从眼梢的余光中发觉天色已暗淡下来，只是她觉得还不是时候，她在企盼暮色全部降临。她清楚，这时还不能够贸然离开坐凳。可就在这时，突然发现教室里还有一人，正坐在昏暗的教室里就着窗外的微光寂然无声地做着功课，她记得他好像叫李里。这又让冯岚突然紧张起来。

　　又不知过了多少时候，暮色终于笼罩了整个校园。可能是实在太暗了，李里那边开始收拾课本书包，磨蹭了好长一段时间，李里才迟疑着离开了教室。冯岚这才小心翼翼收拾好书包，做贼一般，边收拾边用书包里的簿本清除凳子上的留痕，用书包尽可能地遮盖住一些尴尬，离开座位，离开教室，然当她正想随手拉上教室的门时，突然被走廊里一个无声的身影吓了一大跳。

你，干吗?! 冯岚受了惊，声音变得颤颤的。

等你，李里问，你没事吧？要不要帮你?!

冯岚摇摇头，像躲瘟疫一般躲着李里，心里不住地咒着李里李里快消失。然李里不但没消失，反而递过一顶塑料雨衣。

冯岚心又怦怦直跳，一低头，取过雨衣套上，无疑抓了救命稻草一般，低头拣黑暗处小心翼翼地走了。此时，天下着细雨，天黑路滑，行人极少，好不容易回到家，冯岚哭了，心里酸酸的、涩涩的，说不出啥滋味。

第二日一早，冯岚进课堂时，趁无人时偷偷还上雨衣，后来竟发现李里的座位一直空着，直到中午，才听同学说李里昨晚回家骑车摔了，手和腿都伤得很厉害，正上着药膏躺在医院里。原来那天李里是值班长，最后一个离开教室关好门窗是他的职责。这让冯岚心存愧意，而又生怕班主任追究什么。

李里伤好点后，来学校上课，见了冯岚也没事一般，这让冯岚非常感激。直到李里生日那天，冯岚偷偷送了他一件很精致的礼物。李里实在闹不清这新来的女生为啥给自己送礼物，而且知道自己的生日。

那一天，李里一直惴惴不安，生怕有同学知道，笑话他，而那件礼物更不知藏在哪儿好，让他挺尴尬的。

从那天起，李里见了冯岚总是躲得远远的，像做了错事一般。

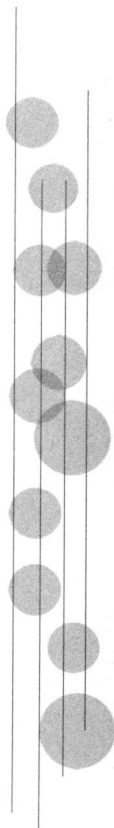

善良的欺骗

柳勘回陈墩镇正是春节前。

回家前，他专门到南街口的老成房食品店候上新出炉的月饼。这是他几年来牵肠挂肚的事。老成房是个老店，前店后作坊，那种迷你型（当然是时下的称法）苏式月饼是他娘最爱的吃食。尽管他娘爱吃，以前她还是吃得很少。他爹死得早，在街道小厂干活的他娘毕竟没多大的进账，每每中秋，他娘总是只掰一丁点尝个新鲜，其他的就给他留着。

家还是老房子，包裹在一片片新楼中，穿过仄仄的小弄，便是他家的小院。门半掩，亮着灯，他娘对门坐着，但似乎没能看见他。柳勘一阵心酸，没想到才两年多，娘的眼病已是如此严重。柳勘正想叫娘，一边过来的背影挡住了他。阿娴?!

"姆妈，阿勘寄来的月饼，你尝尝，看跟老成房的味道差不多不?"阿娴在说。

"唔——，像老成房的，这回是从哪里寄来的? ……啥? 香港也有老成房月饼? ……唔……"娘的声音，显然嘴里满是月饼。

"现在做生意啥学不像，说不定，香港的月饼老板还是老成房的徒子徒孙呢。"阿娴在说，"姆妈，阿勘还来了封信，要不要给你念念?"

"阿娴，你放着，我摸摸就估摸出阿勘信上说些啥，生意忙啊脱不了身啊，放屁的话，没了他这地球就不转啦? ……"

"那我写封信让他无论如何回来一次看看你……"阿娴说。

"不要了，生意上的事要紧哇……"娘说。

想想昔日对阿娴的一切，柳勘心里很不是滋味，阿娴也是个给他面子的人。自己真混，有了权，有了钱，有了那些小妖精，就把做小学教师的她给冷落了，这几十万块钱，她没沾着一丁点好处。他愈发恨那些小妖精，她们害得他好苦哇。

"……算了，他能回来总归会回来的……"听着娘的声音，柳勘的眼湿润了。娘明显老了。

……

柳勘生怕阿娴突然转过身来，只能逃也似的折回大街。他跑进邮局，买了些信封信纸，写了两封信。头一封是写给他娘的。大意是过年了，原本是要回家的，但公司在国外的一笔生意需他去办，又不能回家了，事办完一定回来……署的日期是大年三十的前三天。第二封信是写给阿娴的，但他写了好几个开头，都随手撕了。头一张开头写"亲爱的阿娴"，这称呼已非常遥远，想想实在亲爱不起来，撕了；第二张开头称"阿娴"，想想还是不妥，又撕了；最后一张写成"尊敬的杭娴老师"，因为在他判刑入狱之前，有那些小妖精缠着，他就跟她离了婚，他只能这么称她。

给前妻杭娴的信他写得很简单："我回来了，但又不能回家来，因为有你！面对现实，我唯一的选择还是让这善良的欺骗好梦般继续。我会重新做人的。"

最后，两封信都装进了一个信封。

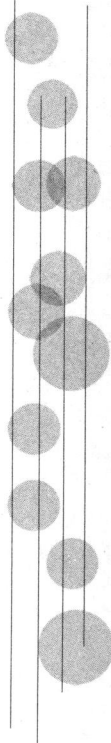

上海亲眷

阿冬小的时候家里很穷，兄弟姐妹好几个，娘身子骨又不好，听好婆说，她是生他们的时候月子还没坐干净就心急着去水田干活得的月子病，做不得重活。一家人全靠着他爹一年到头辛辛苦苦的操持。但他爹又是一个性子很倔的汉子，总对他们说，做人再穷也不能没了骨气，读过几天初中的他爹，总用一句古文训导他们，做人宁可站着饿死，也不跪着吃嗟来之食。

阿冬家在上海有一家不怎么远的亲眷，说起来还是他好婆的亲弟弟，他爹管他们叫舅舅、舅妈，他自然跟着管他们叫舅公和舅好婆。他舅公是小的时候因为家里穷才被送到上海的大户人家。上海人家家境好，舅公读了好多书，还留了洋，回到上海后，在上海一所很有名的大学里教英文。以前是讲好送掉后不出进的，只是后来老一辈人都过了世，他舅公才来认的亲，没想到的是乡下老家的日子仍不宽裕。

舅公舅好婆说是喜欢乡下的新米，每年秋上，新米起来的时候，他爹总要到上海去给自己的舅舅舅妈送点新米。那新米叫金南凤，是一种产量很低，但吃口很香很糯煮熟后米粒子晶莹透亮的土种稻米。在陈墩镇乡下一般都是比较富足的人家种了自家吃的，而阿冬人口多，粮食常常不够吃，不多的自留田里，种了不多的几分金南凤稻子，每年秋里，小心地收割下来，借了人家的砖场晒干了，脱粒了，再请人碾成精米，送到上海舅公舅好婆家，让他们尝尝鲜。只是为种金南凤，阿冬家每年要有一些断粮的日子，为此，家里总是靠吃粥、南瓜、山芋来度过。金南凤这种稻米，粮食供应店里是绝对看不到的，于是阿冬爹的到来，也就很受舅公舅好婆的欢迎，留他们吃饭，给他们一些家里大人小孩穿旧的衣服。那些衣服，不是太旧，有五六成新，有时，旧衣堆里总有一两件全新的衣服，有大人的也有小孩的，舅好婆总说是买了不合身的，将

就着穿吧，这些衣服到了乡下样子自然变得很时髦，布料总很考究，有了这些衣物，阿冬家在村里总是穿得最好的，有时乡邻遇上了喜事，还要向他们借衣服作客穿呢。舅公舅好婆家里备着的糖果总要给他们一些，那些糖果是阿冬他们从来没有吃过的最甜最美的食品。还有一些各式各样的图书，有中文的，也有一些是外文的，虽说一个字也看不懂，但插图很精美。

每年去上海，阿冬爹总要带一个孩子一起去的，一是路上好多一双眼睛防备上个厕所什么的，不会把金贵的新米给弄丢了，再则也是对孩子们的一种奖励，因为阿冬爹跟他们说，期中考试时谁考得最好，就带谁去上海。而每次能去的往往总是阿冬，虽然阿冬排列老三，但他读书的功课一直在三兄妹中是最好的。阿冬去了，舅公舅好婆听说阿冬的功课很好，自然很为他高兴，他们走的时候，总是把阿冬爹不肯拿的钱塞给阿冬，说是给孩子的奖励，是孩子的学费和书费，让孩子好好读书，长大了能有大出息。阿冬不敢拿，舅好婆便问阿冬会做柴揾窠不？阿冬点点头，因为陈墩镇乡下的孩子一般都会的。舅好婆便说，那就好，你帮你舅公做件事，每年稻子收割起来后，用新稻柴，给你舅公做只柴揾窠，你舅公胃不大好，又常常误了吃饭，有了柴揾窠，就能给他把饭菜揾着。阿冬点点头，他懂，于是每年秋里，阿冬便开始编柴揾窠，他总是要用最好的新稻柴，蜕去稻柴的外壳，再一缕一缕地编起来，那挽结总是挽得很结实，村上专门编柴揾窠卖线的几个老人见了，都说，这孩子的手艺地道做工很精致。于是，每回他爹碾完新米，阿冬总能带着自己做的柴揾窠跟爹一起去上海。几番在火车站停留和在上海大街头走的时候，总有上海好婆跟他们招呼，问这柴揾窠卖不卖，每当这时，阿冬心里总是喜滋滋的。而每回把柴揾窠交到舅好婆手里时，舅好婆总是赞许不已，说阿冬人小心巧，又有孝心，读书又好，准有大出息。

如此多年，阿冬终于以出色的成绩考上了上海那所心里仰慕已久的大学。那年秋天，阿冬抽一个星期天回了次家，然后又一次背着新米和柴揾窠去了舅公舅好婆家，那次他是一个人去的，他爹碾米时摔伤了，正躺在床上，到了舅公家，开门的却是一个脸面有点熟的老太，阿冬知道是舅公家的亲家母。但亲家母似乎并不认识阿冬，阿冬说我是陈墩镇乡下来的，给舅公舅好婆送新米和柴揾窠的，亲家母说，喔，新米放屋里，柴揾窠就搁在门外吧，现在都用电饭煲了，谁家还用柴揾窠呀，要给人家说寒酸的。

　　阿冬心里颤颤的，问了一句，我舅公舅好婆呢？亲家母说，老头子正在睡午觉呢，他睡午觉的时候，是不许让人家打扰他的。阿冬于是说，那我走了。走的时候，拎着柴揞窠，在回学校的路上，遇见一个建筑工地，迟疑了一下，便把它丢到了那个积着死水的坑里。

　　放寒假回到乡下，阿冬跟爹说，舅公家用电饭煲了，余下的话想说结果看着爹沧桑的脸，又把话缩回去了。

　　爹没说啥，想了想说舅好婆患病走了，只是我怕耽误功课没跟你说。你舅好婆是个好人，我知道，这么多年，你舅好婆其实一直是在变着法子帮衬着我们，她不仅帮衬着我们，还时时顾着给我们脸面，让我们心安理得。

夜半惊魂

一

当阿坤艰难地爬进紫薇花园三楼客厅窗户时，突然被墙上隐约可见的大幅的穿着制服的男子照片吓得半死，心想自己真倒霉，第一回竟闯进了穿制服的人家。然借着微弱的亮光一瞧，竟然欣喜不已：那穿制服的根本不是警察什么的，从帽子上的大铁锚看，他料定男主人一定是什么高级海员，因为他们村上也有出去当海员穿这种制服的。闯进这样的人家，不只有钱，还好得手。于是，壮着胆，开始翻寻起来，然不料，撩翻了桌上一只冷水杯，那薄胎的玻璃杯掉在地上发出尖锐的声响，让阿坤惊出一身冷汗。

二

奕奕突然被一声尖锐的玻璃破碎的声响惊醒，蓦地从床上坐起，只见眼前一团黑影，想叫，然喉间像堵着棉团，发不出声音，心咚咚像擂鼓，好像一不小心就要从喉咙间窜出来一般。黑影逼近她，恶狠狠地压低嗓子说：不许吱声，否则我杀了你，说话间，一截冰冷的金属架在她裸露的脖肩上。

去，把窗帘拉严实，去，把电话搁了。奕奕被那截冰凉的金属威胁着，人像患了疟疾一般直打战。

把灯打开！黑影说。

灯光中，奕奕见到了一个手持锋利的尖刀、脸裹得只露两眼的歹徒。

见了灯光，奕奕反而慢慢地恢复了平静。

三

灯，突然发出刺眼的亮光。亮光中，阿坤突然见到了一个几乎没穿啥的被他从被窝里逼出来的年轻女子，那肤色光洁鲜亮，说实在的，阿坤几乎不敢相信，世界上还有这么好看的女人，远比画报上的美女还要好看，两腿长长的，腰细细的，而胸前两乳又特鼓，只是浅色绣花乳罩上两摊水痕挺张扬的，那淡淡的乳香弥漫在房中。阿坤知道这女子正奶着孩子，因为他老婆的贴身小袄上也是这般两摊水痕，也裹着淡淡的乳香。

四

灯光下，奕奕突然发现了歹徒异样的眼光，狠狠地瞪了他一眼，找到自己的睡袍披上，且把腰带束严实。

也许是突然的亮光，床一边的女儿被闹醒了，四肢一踢腾张开嘴便哭，歹徒没料到孩子会哭，慌乱中举着尖刀，又逼奕奕，不准哭！

奕奕过去抱起孩子，忘情地在孩子脸上亲了又亲，两串泪滚落下来，犹豫半晌，背过身掏出一乳，喂起孩子。孩子吮着奶，支吾几声，只顾吮奶，不做声了。屋里飘溢着甜甜的乳香。

五

这孩子也真能吃，吮了老半晌，还在吮，阿坤不耐烦了，用尖刀拨那女子的身子，威逼着那女子，快，歇了！

她没理，反而把孩子搂得更紧。阿坤恼了，一把扳过女子的身子，突然见有一金光在孩子和女子胸前一闪，扯过来一瞧，一喜，是一块金锁片；但又一惊，那上面镌刻的年月日，竟然跟他儿子同年同月同日。

阿坤不觉大悲，同样一个女子、一个孩子，看人家，要啥有啥，生在蜜罐里一般，而他儿子，连个金锁片他也买不起，不要说他老婆了。

六

喂了奶，奕奕开始给女儿穿外衣，一边穿一边不住地淌着眼泪；给女儿穿罢衣，便开始背过身在女儿的奶瓶里挤奶水，一边挤一边抽泣，这时的她已没有丝毫的恐惧。她只想在自己赴死前把所有能为女儿想到的事想周全了，然待她把一切都准备齐全了，转过身时，房门洞开，歹徒没了踪影。

七

在年轻女子为孩子挤奶的整个过程中，阿坤突然后怕起来。其实，他根本不想闹出什么人命，看着年轻女子一副从容赴死的样子，他反倒后怕了。

阿坤真的不想出人命，更不想伤害跟他孩子同年同月同日生的孩子，他只想年前回家前带些钱回去。谁让他遇上了黑心的包工头，累死累活为他做了一年，结果该拿的工钱一分也没拿到。这叫他如何回去见他的老婆与孩子呢?! 但他却又不想为了自家的女人和孩子，去害别人家的女人和孩子。

阿坤收了尖刀，转身从门里逃了出去。

回到工地，突然想起刚才紧张的一幕，不觉惊出一身冷汗。

金丝鞋垫

两旦家原是陈墩镇上较为殷实有脸面的人家，乡下有良田镇上有大屋，两旦父亲又常年在外做些生意。不想四几年闹鬼子那阵，田里收成不好，房子被东洋鬼子的飞机炸弹炸得稀里哗啦，外出做生意的两旦父亲又死于非命，且欠下一屁股说不清爽的冤头账，讨债鬼日夜缠着，两旦娘一气之下，怨结梗胸，自此重病缠身，为了还债、活命，她三钿不作两钿地变卖了所有的田产和细软，又为两个儿子日后的生计，两旦娘把手头的碎金暗地托人打制编织了两双一般大小、厚薄与轻重相同的纯金丝鞋垫。在一个风刀霜剑的寒冬之夜，已似风中残烛的两旦娘有气无力地把大旦叫到病榻前。

两旦娘把一双金丝鞋垫递给了大旦，泪水汪汪地说："大旦，娘不行了，娘死后，你就自个儿出去闯天下吧！……实在过不下去了，就把金丝鞋垫变卖脱，总还可以对付一阵子……"

大旦抹抹眼，宽慰母亲说："我跟爹出去做过生意，爹的朋友我也认识些，你放心吧，我会把日子过好的!"

两旦娘又说："往后日子过好了，不要忘了往你爹和娘的坟头上加点土……"

大旦嘤嘤地点了点头，攥着金丝鞋垫出来唤小旦。

两旦娘又把另一双金丝鞋垫递给了小旦，想想昔时的小旦总是饭来张口衣来伸手，越发凄惨惨地道："小旦，跟爹娘的好日子没了。娘死后，你只能自个儿出去寻条活路了，你也不要指望你哥。这鞋垫是娘的心血，你好生带在身边，不管啥时，都不能丢了，往后不管到了啥地方，都不要忘了老祖宗。"

小旦默默地听着，攥着金丝鞋垫怔怔地望着骨瘦如柴的娘，点了点头，但他压根儿不知道那鞋垫竟会是纯金丝的。

当晚，两旦娘安详地合上了眼。在乡邻的帮助下，两旦草草地料理完了娘的后事，便各自外出谋生。

大旦去了上海，一边找工作，一边打听父亲昔日生意场上的朋友，然兵荒马乱的，工作找不到，父亲的朋友又一个个冷眼以待，所带的盘缠不多时就用尽。攥着金丝鞋垫，饿着肚子，大旦在当铺前转悠了好几天，最后实在挺不住了，咬咬牙把金丝鞋垫当了，靠它支撑了一段日子，终于在一个不大的杂货店里找到了一份打杂的差使，还是老板看在父亲的分上，给他碗饭吃。干了半年，工资没领到半分，杂货店倒闭，他便失了业。走投无路之际，他只得乞讨重回故里，好不容易挨到了土改，总算以贫农身份分到了土地和房屋，在陈墩镇重又落了户。

小旦先是去了唐山，身边仅有的盘缠早已所剩无几，他便打工养活自己，干码头搬运工、干黄包车夫、干厨工、干清道夫……后来，又跟人去了南洋，先是做苦力，后来便在这艘或那艘海轮上当水手、做厨工，终年满世界转悠，吃遍人世间万般苦难，一次次几乎是死里逃生，后来靠朋友的帮助，在新加坡落脚，做些小本生意，积了些小钱，因他有一手炒菜功夫，朋友开中国餐馆也拉他入了伙，渐渐地开始发展。在这含辛茹苦风风雨雨的几十年中，这凝聚母亲心血的金丝鞋垫，小旦白天穿在脚底下，晚上洗净碰干了捂在胸前，早磨得锃光发亮。小旦只知它奇妙，少有的耐穿，压根儿没想到它竟是纯金丝的。

五十年后，小旦重又回到了故里，这时，他已是当地华侨中颇为知名的餐饮业大业主。

在父母新修的坟前，满头银丝的小旦把那双锃亮的金丝鞋垫供在双烛之间，一遍遍地磕着响头。

"你知道么?!"早已苍老的大旦问，"那双鞋垫是纯金丝的!"

小旦说："纯金的?! 我怎么会知道，这几十年，我只知它是娘的心血，万分地珍惜它……"小旦沉默片刻，不无感慨地说，"其实，要是我知道鞋垫是金的，这身老骨头可能早就化成不知哪处他乡的尘土了!"说罢，又给娘磕了三个响头。

丁家好婆

丁家好婆嗜好养猫。她爱猫，在陈墩镇上是出了名的。八十挂零的年纪了，还整天颠颠地为猫忙乎，买鱼啦煮食啦。丁家好婆又很能调养猫，纵然遭人丢弃的野猫，到了她手上，也会被她调养得皮清毛爽、伶俐可爱。猫养多了，自然上门讨小猫的人也多。然每一只小猫都似她心肝宝贝的，从不肯轻易送人。

这日，丁家好婆家来了个外地来做生意的什么经理，因是儿子朋友的朋友，曾来过。这回，说是回家前想买只小白猫带回去，而那小白猫正好在当院的一只小瓦盆里有滋有味地吃着鱼饭。没想到丁家好婆却说啥也不允："你车上带出带进的，那小猫可受不了这洋罪。"那经理说："丁家好婆，我跑了大半个中国，还头回见着这么讨人喜欢的小猫。我愿出你老人家廿块钱，你我都不亏。"丁家好婆一听动了气来："我养了一世猫，还从没要过人家半个铜板，你不要来作践我。"那经理愧得无地自容，而他还是动情地说："不瞒好婆你说，我要猫其实是为了家里的老娘，她跟你一般年岁，也特别爱猫。我们子女整天都在外忙，她身边有这么只小猫，也可伴伴她的闹猛，她一人在家太闲气了。"说着，经理几近哽咽。丁家好婆心肠最软，尤其受不得一个大男人为自己的老娘下泪，竟允了。

那经理轻轻搂着那小白猫千恩万谢，而那小白猫却不服新主人，经理方转身，竟声嘶力竭叫个不停。丁家好婆心痛得可以，"小乖乖，……小乖乖……"地呼着。那经理只得央求丁家好婆："好婆，求你了，能不能把地上的猫食盆也给我！"丁家好婆很是爽气地递上猫食盆，反复叮咛："你要好好待它噢。"那经理接过猫食盆，逃似的退出，那小白猫竟没再叫。

没想到，当天傍晚，隔壁老武家小三子去网鱼，网到一只蛇皮袋，

里面竟是丁家好婆的那只叫小乖乖的小白猫。丁家好婆受了惊吓，突然一病不起。不料过几天，镇上又有人传说有个生意人在陈墩镇上觅到一只猫食盆，转手卖了好几万。懂行的人说这还是什么良渚时的老古董，有好些人探知是丁家好婆的宝物，便都来探问。病中的丁家好婆经不起这般折腾，竟撒手而去。临咽气前只留下一句："猫好好养着，千万不要送人。"

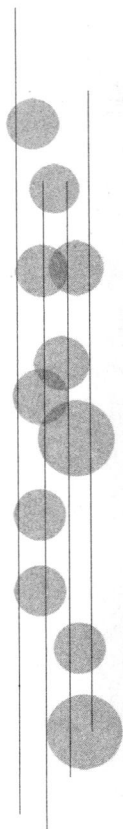

乡 音

那年，银泾村的阿秀，在陈墩镇上读完初中后，靠在城里做科长的姨夫的帮助，进了国营棉纺一厂做了农民长期临时工。阿秀，名字秀，人也长得秀，瓜子脸蛋，眼大大的，嘴小小的，稍一打扮，比那明星还明星，可一开口就露了馅：她把"这里"说成了"该爿"，把"那里"说成了"给爿"，把"糖"说成了"同"，跟她一起上班的女工，都是爱笑的，一听她说"该爿"就止不住笑，后来不知是谁，干脆不叫她阿秀叫"该爿"，有一次，厂长听人唤她"该爿"她应着，很奇怪，问身边的人："好像厂里的工人名册上，没这人么？"众人听了都大笑起来，有的女工止不住笑，还直唤妈。因此，在厂里阿秀是从不轻易开口的，一门心思学技术干活。阿秀手脚挺麻利，又吃得起苦，干起活来，常常一个顶两个，进厂没两年，车间主任就让她当了能管十来个人的工班长，手下的人常常不服气，跟她较劲，可技术上谁也较不过她，只能取笑她的乡音，一时间，车间里到处是"该爿"、"给爿"的声音，可阿秀一点也不往心里去，该做的照做，该管的照管，只是仍然从不轻易开口。

不料，阿秀的好景不长，厂里因销售不善，入不敷出，工资常一拖再拖，实在是难以维持，厂工会一班人，开始按厂长办公会的意见，做那些农民长期临时工离岗的思想工作，阿秀也在其中，可阿秀死也不答应，哭着跟工会主席论理："厂里好的时候，还不是靠伲'该'些农民工撑着，干的活最多，拿的钱最少，可伲哪一天说过一句怨言，为啥？还不是因为伲把厂当成了自己的家。"

正在这时，厂长派人来找阿秀，说是有一桩极其重要的外商接待任务让她去作陪，并派专人来指导阿秀化妆打扮，可阿秀说啥也不肯打扮，说是随她意她就去，不随她意，她就不去，厂长没法，只得随她的意，她去了，厂长的小轿车接去的。厂里人见了，就开始说风凉话："'该爿'

长着这么漂亮的脸蛋，干啥都赚钱，干么非要赖在厂里呢，真是死脑筋。"

　　三天以后，厂里开全厂大会，大家都没搞懂，阿秀竟陪着个老华侨坐在了主席台上，会上，厂长让大家用最最热烈的掌声欢迎老华侨童先生讲话。白发苍苍的童先生站进来，对着麦克风一开口，全场都笑了：老华侨竟是一口拗舌的乡音，把"我"说成"伲"，把"这里"说成了"该爿"，把"吃糖一样甜"说成"吃同一样甜"，坐在前边的人这才发现老华侨说着说着已是热泪盈眶。

　　后来，厂里人才知道，老华侨童先生跟阿秀是同乡，也是银泾村人，五十年前在海外白手起家，成就了一番事业。这次来，他确实非常有诚意地想与国棉一厂合作。半个月的实地考察、谈判，基本上都谈妥了一应事宜，只待签字前的最后一轮谈判，只是半途中回了一次牵缠了他半个世纪的家乡时，他却伤心了：故居依稀还在，可家里什么人也没有找到，原来跟厂里谈妥的投资事宜再也没心思谈了。厂方没法，只得礼节性地设宴送别，可就在那晚宴上，老华侨竟与身边的小同乡阿秀"该爿"、"给爿"谈得少有地投机，阿秀那说话的神态，他越看越像记忆里的小阿姐，而阿秀的敬业精神，使童老隐约看到了当年的自己，再加上阿秀说起生产技术上的事竟一套一套的，满心欢喜，当场拍板，由他提供一应的资金、设备、技术、高级管理人员及百分之七十的外销业务，并让阿秀当他的全权代理。

　　谁也没有想到阿秀一顿晚饭救活了一个大厂，众人都挺感激她的，再也没有人称她"该爿"了。只是有人问起阿秀跟童老先生是不是亲眷时，阿秀说："只是老乡。他家以前住村里的'该爿爿'，伲家住村里的'给爿爿'。"众人都会意地笑了，自然都是善意的笑。

犟哑巴

阿佟姓佟，陈墩镇上的人都叫他"犟哑巴"。

犟哑巴阿佟脾性犟，谁都知道，很小的时候，有回跟他爸进城跑亲戚，他爸背着新米上楼，让他一个人在后面自己一个人慢慢地往上爬，人小腿短，楼又高，自然爬得很艰难，有同楼好心人把他抱上五楼，一转眼，只见他又下了楼，偏犟着要自个儿爬上来不可。

阿佟原本是会说话的，到了十四岁那年，邻里有个大女孩丢了原本晒着的说是从大城市专业商店里买回来的心爱的美丽的文胸，偏说是阿佟使的坏，因为她亲见唯有阿佟在晒场上转悠。这是很丢面子的事，阿佟自然不承认，阿佟爸说为啥镇上这么多人，人家不赖别人，偏赖你，总归有你的不是在里面。阿佟便犟，愈犟，大女孩愈是咬定是他。

阿佟爸就狠揍了阿佟，愈揍，阿佟愈死活不承认，直揍得阿佟皮开肉绽。自此一病数日，病愈，阿佟便再也不开口说话，双眼直直的，见谁都是仇人似的，谁也不敢惹他。哑口的阿佟，再也没有进过校口，家访的老师来了一次又一次，等于白搭。不读书的阿佟，从不跟人玩了，不管白天黑夜。总是吃了睡，睡了吃，为此，阿佟妈哭了一场又一场。

到了二十来岁上，阿佟便出落成身高马大的小伙，阿佟爸妈也开始为阿佟找人说媒，可人家一听是犟哑巴阿佟，头摇得像拨浪鼓。听人劝说，阿佟爸妈带阿佟到大城市里的大医院看专家门诊，专家说的啥，阿佟爸妈其实也不大懂，只是专家说最好趁早让阿佟闯闯社会，兴许有好处，阿佟爸妈觉得也可以试试。

想来想去，阿佟爸决计让阿佟离开自己随镇上的建筑队去城里闯闯，兴许会好些。

阿佟这才随着建筑队到了苏城，在开发区造大楼，在工地上，阿佟也只知道闷声不响吃饭，吃了饭睡觉，觉醒了花死力做活。工地上谁都知道他脾性犟，再加上怕他那直直的带着仇视的眼光，谁也不去招他惹他，自然也相处平安。就这么一晃两年过去。

可是，有这么一天，建筑队放假，工友们都出去逛街，阿佟也随着去了，不料路上走散了，阿佟懵懂中上了一辆不知去往哪里的公交车，车很挤，上车后待发觉同伴不见了，阿佟想下车为时已晚。车行片刻，正逢到站。有人惊叫："丢钱包了!"车厢内大乱，有人嚷着要下车，失主自然不允，混乱中，有人力主直开派出所，可就在此时，有人发现了钱包，而那钱包分明在阿佟的脚跟处，于是四周的眼光刀似的射向阿佟，阿佟两眼直直的，带着仇视回击着众人。突然有人喊了声："是他，打贼啊!"于是便有人扑上去，一边揍他，一边有人说："看这人两眼神就知道他是个扒手。"

绝望之间，阿佟只觉有个漂亮的大女孩拼命地拨开人群，声嘶力竭地喊着："别打了，他不是贼，别打了，他不是贼……"拳脚少了。

大女孩说："我是晚报记者，我可以以职业道德为他作证!"阿佟见大女孩手里扬着什么，只是血糊着眼，让他看不大清楚。众人歇手，有人说："记者还是可以相信的。"

车停了。阿佟跟大女孩下了车。大女孩掏出面纸，让阿佟碰血。

阿佟没碰，只是向大女孩深深地鞠了一躬，像孩儿学话似的说了一声："谢谢!"

第二日，阿佟回到了家里，叫了声"爸妈"，这一叫不打紧，却着着实实吓了他爸妈一大跳。他妈一下子搂着他直哭："孩子啊，我知道你一定肯说话的!"自此，阿佟再也不是犟哑巴了，可镇上人谁也不知道阿佟是怎么又会说话的。

匪兵乙

　　县剧团真人来村里演大戏这样的好事，在银泾村是几年才难得摊上一回。银泾村是个小村，离县城太远。

　　银泾村人喜欢看戏，尤其喜欢看县剧团真人演戏。他们常常打听着县剧团在周边村落演戏的消息，合了伙，摇了船，赶过去看戏。其实，县剧团的戏，他们早就看得烂熟了，他们图的只是看戏的热闹。说得再明白些，其实好多时候，他们赶过去就是冲着一个人去的。这人人家叫他匪兵乙，他们第一回看到他在台上演戏，也就演的是匪兵乙。

　　照村上老看戏的戏迷说，这匪兵乙，在舞台上，生旦净末丑，一样也没沾到边。他只是一个跑龙套的小角色。有时，他不只是演匪兵乙，还演鬼子甲，还演流氓甲。反正只要是跑龙套演坏人的，就有他的份。行头一换就是一个小角色。剧团里就这么十几个人，没人能够闲着。这让看热闹的人，觉得挺有趣。最搞笑的是，他前场戏里演鬼子甲被毙了，后场戏里又演匪兵乙出来了。

　　银泾村人喜欢匪兵乙，其实还有一个原因，那就是匪兵乙是银泾村人。他是村里老巫家的三儿子，小名三毛。然村里人都清楚，这三毛的长相实在令人不敢恭维：罗圈腿，贼眉鼠眼，还有他那宽板大门牙颗颗夸张地暴露着。别看他长得不咋的，可就是会演戏。说来你不信，前些年，部队到学校招文艺兵，就看中了他，部队里的文艺专家商量了再三，最后还是破格把他招去了。只是村里人都说，那部队里的军装，这巫三毛咋穿呢？那不伦不类的模样。怪不得，没几年，村里人便看见他在县剧团里跑龙套了。

　　银泾村人暗地里喜欢匪兵乙，只是从不在其他村的戏迷跟前说穿。不说穿的真正原因也许是匪兵乙的相貌长相实在寒碜，没法跟李玉和、郭建光那些光鲜的形象比。还好，不只是银泾村的戏迷喜欢匪兵乙，其

他村的戏迷同样喜欢他。不管是演匪兵乙，还是演鬼子甲，只要他到了台上，就挺抢眼，他演的坏人真的很坏。有时他也只是扛着木头枪，歪歪扭扭在舞台上走一圈。然而就这么一圈，那小小的贼眼，那歪斜的罗圈腿，就一下子把观众的心给揪住了，哄笑之间恨不得上台把他狠揍几番。匪兵乙跑龙套不需要说一句话。即使这样，戏迷仍追着喜欢他。

银泾村的戏迷，终于盼着县剧团来村演大戏了。演啥戏，村里人都无所谓，要紧的是要能亲眼看到巫三毛演的匪兵乙。戏演到半场，匪兵乙终于亮相了。这回，巫三毛演的匪兵乙，被红军战士追杀而猖狂逃窜，窘态百出。先是从舞台后斜着窜出来，闪了一下，惹得村里人心里痒痒的，有人喊："再来一遍！"匪兵乙其实是还得来一遍。匪兵乙再次上场时，像丧家犬一般，斜窜出来，窜得很猛，一下子窜到了台边，踉跄几下，没稳住，人一下子跌落下去。那样子滑稽，那动作惊险，赢得全场一片掌声和哄笑声。

其实这并不是匪兵乙原先设计好的动作。实在是银泾村场地小，舞台搭得小了一些，巫三毛这一窜，窜得又猛了一些，脚下没能刹住，人一下子跌出了舞台，倒栽葱跌落在舞台边的夹缝里，动弹不得。观众哪知道这只是一次意外，拼命喝彩。台上的戏在观众热烈的气氛中继续上演。

只是巫三毛这一跌，实在是跌得不轻，钻心的疼痛，一下子袭来。他试图自己从夹缝中爬出来，但夹缝太窄太深两头又被堵得严严实实，深受重伤的他，根本无力靠自己爬出来。他不想高声求救，他知道那样会打断台上的演出。在自己的村里这样的演出是非常难得的，他不忍心去搅乱。越来越痛，他忍着。他知道，当晚他的龙套已经跑完了，没有他，戏会一直演下去，一直到演完。

戏终于演完了。村里的戏迷们兴高采烈地评价着匪兵乙从没有过的最精彩的动作，在自己村里这么演，大家都觉得很长脸。场上的观众渐渐地散了。演员们也简单收拾一下，准备回住宿船歇了。

突然，有演员说，好像还缺人。

所有准备歇息的演员说，是呀，巫团长走了场以后，好像再没有看到过。有人说会不会回家去了。去找，没找着。找了好久，这才在舞台的夹缝里找到了他们的团长。他喃喃着问，演出结束啦？人迷迷糊糊的。连夜送陈墩镇医院抢救，医生说，这一摔摔得不轻，手臂跟几根肋骨都断了。

金 龟

稽元到陈墩镇当书记，是几年前的事。才去的时候，稽元的妻子时琴和儿子斌斌一起去过陈墩镇一次。陈墩镇是个大的古镇，又是一个旅游景点，镇上各处小店里有各种稀罕的玩物。那天，斌斌在一处宠物店里看上了几只乌龟，缠着稽元不肯走，店主一看是新来的书记，乐得做个顺水人情，拣最大最靓的逮了一对，说这是金龟，口彩又好，长寿又好养，说着便要送与斌斌。稽元偏要付钱，推了几下，执意付了一百块，也就让儿子拿了，斌斌自然欢天喜地。

那对金龟着实讨人喜欢，身穿金黄的盔甲，光溜溜的头上，两只小眼睛时常骨碌碌地望着你，许是斌斌常喂它们吃食，那对金龟老是跟着斌斌转悠，憨态可掬。即使睡了，也挺可爱，半耷拉着脑袋，还发出微微的鼾声。

稽元在镇上当书记，很忙的，有时回不了家就打电话回来，电话常常是斌斌接的，斌斌一听是爸爸的声音，就会兴致勃勃地向稽元描述金龟今天又怎么怎么啦之类的事情，稽元总是很耐心地听完，并帮着出一些驯养金龟的点子。金龟在父子心灵间架起了一座温馨的桥梁。而妻子时琴呢，因为有了天真的斌斌，有了可爱的金龟，有了与儿子一起参与驯养金龟的行动，以至于日子一天天流水一般过去，仍不觉得落寞，反倒觉得有了滋味，很是充实。

日子一天天过去，稽元在镇上也一天比一天更忙，回家的日子也越来越少，越来越晚。

终于有一天，那对金龟双双丢了，时琴和儿子斌斌把所有房间的角角落落都翻遍了，可就是找不到那对金龟的踪迹，斌斌跟爸爸稽元打通手机，报告金龟失踪的不幸，但稽元说自己正在开会，回家再说吧?!

于是，斌斌天天盼爸爸回家，但盼了一天又一天，稽元一直没有回家。终于有一天，斌斌在酣梦中，听见妈妈嘤嘤的哭声，睡眼惺忪中，见爸爸妈妈在大厅里对坐着，神情异样，斌斌盼了多少天，最终没有敢跟嵇元说。

天开始凉了，丢失金龟的斌斌只能蜷缩在妈妈的被窝里陪伴着妈妈看一集又一集像肥皂沫一样的电视连续剧，日子平淡而无聊。

一天晚上，正看着电视，门外有人敲门，斌斌去开门，进来几个说是反贪局的人。时琴什么都明白了，很坦然，说我家所有的锁从来都不上的，你们要找什么，请随便。反贪局的人翻箱倒柜一一搜寻，什么都没找到，只是在大壁柜里找到了那两只冬眠的金龟。见着金龟，斌斌自然欢天喜地。

反贪局的人走后，说是在嵇元另一处住房里找到了该找到的一切，这个秘密的住处，时琴其实只是怀疑，也不是怎么清楚。嵇元因此进去了。

在看守所，斌斌见到了嵇元，欣喜地告诉爸爸：金龟找到了，是反贪局的叔叔帮我找到的。继而又问，爸爸，反贪局是干什么的，他们的本事怎么这么大呀?!

嵇元无言以对。

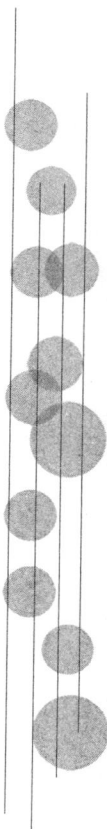

艮头麻子

　　老荆是个艮头。陈墩镇人叫脾气犟的人为艮头。艮头老荆，脾气艮得有点不讲道理，凡事只要他在大会小会上一咋呼，你想干也得干，不想干也得干。

　　这年老荆到陈墩镇当镇长，正逢汛期，水乡多雨。这年江南汛里的雨水又特多，淅淅沥沥、哗哗啦啦下了整整一个来月，直下得大湖小河满满盈盈的。而陈墩镇好多圩田又处在低洼处，淫水肆虐，到处告急。自老荆到任后，镇政府大院里整日是临战状态，大大小小的紧急会议一个接着一个，全院四条电话外线，24 小时不断人，汇报、请示、找人、调动材料……忙得够呛。

　　老荆更是忙得整天脚不踮地，两眼布满红丝。这不，才向县里汇报完，晚饭还没顾上扒几口，接手便召集金鸡湖东围四村村长开防汛紧急会议。

　　一进会议室，老荆就火了："什么时候了，还拖三拉四的?!"

　　大伙一瞧，见是虬村的村长没来，因他麻脸，很是显眼。

　　"去叫！限他半小时赶到。"秘书颠颠地去了又颠颠地回来，道是他说什么也不肯来，老荆操起电话，没头没脑地吼了起来："麻兄，怎么回事，让我用八人大轿来抬你？……什么，没车?! 你平时是爬来的？……什么，我是有车，让我来?! 来你那开紧急会?! ……你老几啊，我说你是老几，你来指派我?! ……你不干，干脆把茅坑腾出来！……喂，喂喂……怎么搞的！挂了？"老荆冲秘书嚷："你给我不停地打，今晚非让他参加会议不可，否则，明日就革他的职，看是他艮还是我艮……"

　　说罢，老荆就开起了他的紧急会，一个个村，一个个圩子，定人定任务。紧急会一开开了一个多小时。会上，立下了军令状，说是不管哪个村，一定要保住自己村辖区内圩田大堤的绝对安全，哪里出了问题，

就拿哪里的村长是问。

这边会一散，老荆便盯着秘书追问："麻子咋样了？"秘书道是那边电话老是忙音，可能还搁着，老荆骂了声娘，自个也打，然而就是打不通。"这麻子，明天定找他算账！"

到了后半夜，老荆才在沙发上眯上一眯，突然有一个上下是水的泥人跌跌撞撞冲进镇长办公室，喘着大气说："东圩的大堤决口了……"

"你们怎么不早点来报？"老荆逼问。

"电话线早就给冲断了……"来人说，老荆这才想起，怪不得那电话老忙音。

"圩子呢？"老荆问。

"先是淹了一些低田……后来好不容易给堵住了……"

老荆在沙发上坐着，半晌没吱上一声，心中暗暗叫苦，半晌，突然从沙发上跳起来，冲着来人吼："那麻子呢？！

他孵在堤外的水里不肯起来……谁劝都没用，他说你镇长不去，他这辈子就不起来了……

老荆骂了声"这麻子"急唤秘书："快，还不去叫司机。"

"去哪？"秘书问。

"去虬村——这麻子，艮不过他！"

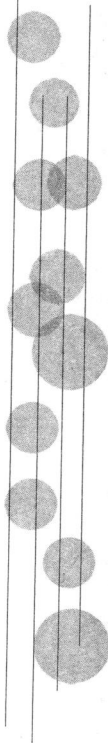

神汉赖巴

在陈墩镇四周方圆五十里村村寨寨有名气的神汉赖巴是个半神半鬼的角色，整日酒气熏人浑身邋里邋遢常常跌扑在这处或那处的石板桥塅、店堂栅板门外。而叫神汉赖巴占卦算命看阴阳，只需老酒伺候。老酒愈醇，那命自然算得愈准，那卦自然占得愈神。

镇上首富郜家请神汉赖巴算命，那还是在郜瑞煊娶了三房姨太都没生子的那几年里。郜老太爷唤家丁把那臭烘烘的神汉扛进大院，似供老祖宗一般，敬了三炷香，且供了三天三夜陈了二十年的老黄酒，不料神汉赖巴愈喝愈精神，喝到第三日，竟满脸红光神采奕奕两眼炯炯。郜老太爷顿觉火候已到，才阖家老少沐浴更衣，跪求圣言。郜老太先问子，神汉道：你合该有子，而子命里无子。郜宅上下皆惊，郜老太爷又问：本宅何处阴阳不和？神汉说：郜家命里土太盛而缺水，需偷得一房水上家小，才能阴阳相和。郜瑞煊急问：可有子？神汉赖巴自言自语：有子而无子，无子而有子，此子不是那子，那子不是此子……

神汉赖巴一派胡言，而郜宅上下皆信以为真。不料此话一年后竟有了应验，郜家愈发信以为真。这还得从算命之后的半月说起。这日正是初夏多雨时节，郜瑞煊带一家丁去虬村催租，半道遇雨，恰正是前不着店后不着村之地，正在无处可躲之时，家丁发现不远处有一只破烂不堪的小网船，便说：老爷，何不委屈一下就那网船上一躲？可待郜瑞煊深一脚浅一脚踏上小网船的烂船板时，被眼前的一切勾住了：那渗雨的舱里，一秀秀灵灵的小女子，正侧着身子在擦拭着淋湿的秀发，纵然脸上菜色很重，而那秀灵却是少有的绝色。郜瑞煊的突然出现，着实吓着了船上的小女子，蓦地一惊，竟然瘫软在舱中。郜瑞煊慌忙之中，急去抚那酥软了的身子，千般万般的揉弄，却不见那小女子缓过神来，只是觉得那脉息微弱地在动。郜瑞煊此时突然想起神汉赖巴的话，惊悟这便是

命里的安排，便趁着小女子似醒未醒之际，把那事做了。待小女子睁开眼，郜瑞煊只说了一句话：过日你来郜府找我，我候你。说着在小女子湿漉漉的手里，塞了一只金蚱蚱。再见那小女子，只见她仰着的脸上两串晶莹泪珠滚落下来，只任由那只金蚱蚱随着小网船的晃荡从软塌的手心里滑落进河里。

这本来发生在民国元年乡野里的事，过去了也就随着时间的推移而湮灭了，可偏偏过了一年，也是初夏也是下雨，在陈墩镇，在郜家大宅门前，一打渔的老汉，把一未满周岁的女孩子放在郜家大门坎上，长呼一声：上天有眼，这是你郜瑞煊作的孽啊，你有脸面，我老贱骨头可没有脸面啊！唤着唤着竟一头撞在了郜宅的石柱上，两脚端了几下便绝了气。知情人道那打渔老汉的儿子、媳妇是一年前遇大风翻船死的，原本指望与孙女相依，却不料孙女前时难产死了。现如今老汉死了孙女无了依靠，且脸面上也过不去，便如此寻了短见。至于谁作的孽，镇上人也不明里多说，人家毕竟是一镇之长，有那么多的家丁不说，镇保安的那几支枪也不是好惹的。

就这般，郜家有了一女，取名金媛，应了神汉赖巴一语。后与温州过来落户的弹棉花的钟家结了娃娃亲，更应了赖巴算的命。

只是，没多日，镇上人便见赖巴醉死在陈墩镇中红木桥的桥塊上，奇怪的是其脸色铁青，七窍流血，镇上的柳郎中过来一看，说是食砒霜自绝，众人不解。

捉　蟹

　　陈墩镇是个水镇，多的就是湖鲜，鱼蚌虾蟹中，大闸蟹最金贵。大上海集市上，阳澄湖大闸蟹因质佳而趋之者众，然而真正会吃蟹尝鲜的，则是直奔陈墩镇来的。一是陈墩镇四周湖塘上承阳澄湖水，水质品位极高；二是蟹是水中极有灵性的东西，尽管人们绞尽脑汁围追堵截，但仍有不少强悍者突破重围奔下游而去的。故此，陈墩镇四周水域捕起的蟹，个大体实，金毛银盔，个个精神，只只抖擞，螯壮膏腴，其味美不言而喻，堪称蟹中珍品。

　　阿庄最善捉蟹，设蟹簖，置蟹栏，撒蟹网，挖蟹洞……十八般技艺样样稔通。随着大闸蟹身价倍增，阿庄的名声与收益也与日俱增。三上三下别墅式的楼房造起来不算，还一下子筹措几十万元跟镇上拍板承包了几百亩水面的白蚬湖，放养了不少优质蟹苗，每年一俟蟹汛，则坐享蟹利。

　　阿庄有个把兄弟阿达，在镇上外贸公司任经理。每年蟹汛，把兄弟俩总是少不得互相照应的。

　　这天，阿达经理急电找阿庄，道是速速准备一下，明天有一批非常要紧的外宾将来镇上，点名要到白蚬湖观看捉蟹、尝时鲜。阿达经理反反复复叮嘱："阿庄，兄弟一场，现在是关键辰光，小弟我前途的一半拴在这帮老外的身上。这一回来的老外档次忒高，不只是要吃好，还要吃出气氛来。老兄帮帮忙！"阿庄自然把胸脯拍得嘭嘭响，说："只要是跟蟹挨边的事，包在大哥我身上。"

　　第二日上午，阳光明艳，湖色旖旎，外宾一行十来人果然乘坐豪华型交通艇准时到达。阿庄见时辰已到，一声令下，只见十来条船体锃亮的小渔舟竞相散开，来往穿梭，不一会儿便从湖间牵起一串串丝网，网上挂满披甲戴盔、硕大无比的"蟹将军"，诱得那些老外一个个手舞足蹈的，一片乱呼："OK"、"饭来过脱"、"梭嘎梭嘎"……又是拍照又是摄像，乐不可支。

正在老外们兴致盎然之际，阿庄又把他们引至一旁的水上餐厅用蟹宴。才出水的大闸蟹煮好端上来，惹得老外们啧啧不已、馋涎欲滴。

席间洗手，阿达经理拉过阿庄，悄悄探问："白天捉蟹怎么这样顺当，老兄你没掺假蒙人家吧?"阿庄讪笑着，也悄声说："大白天哪里捉得住蟹? 捉蟹非得夜里用灯光诱它，而且不得出声响——你应该晓得的。这回，还不是我大哥动了脑筋，事先让人拣肥大的拴在网上……"

阿达经理不由捏了把冷汗，道："可是……若让那些老外看出来其中蹊跷，可要误了我的好事……"

阿庄笑道："算了吧。我看你请来的那些'老外'，也未必没有掺假。怎么一个个都是跟我们一样，都是扁鼻头、黑头发的主? 彼此彼此!"

阿达经理再回那些老外中间时，他们正觥筹交错，吃兴正浓，全然不在乎吃蟹之外的事。阿达经理心里的石头终于落地。于是，把兄弟俩相视掩嘴窃笑……

赌 王

　　这日，陈家大院来了一位不速之客：云游数载的叔叔陈万贵悠闲自在地踏进了陈家大院的高大门槛。毕竟是长一辈的亲叔叔，陈家三兄弟大平、大安、大乐，拿出往日的豪爽，好酒好烟款待，只是酒足饭饱之际，三侄儿都说要与叔叔切磋赌技，经不住三侄儿的硬缠软磨，万贵只能破例与三侄儿赌上一回。只再三声明，唯此一场，决无两回。并说，要赌就赌大的，牌九、麻将、骰子、叶子任由选定。那豪气，根本不像是身无分文的主儿。于是，众人选定麻将，彩头讲定是一个花儿一亩田，陈墩镇的老规矩，计筹到某一家筹完告赢，一并结付，不得赊欠赖账。

　　叔叔万贵说我可无田只能以十指抵彩头，一指抵十亩，如若不允，那就不要赌了。三侄儿均道要赌一定要赌。陈墩镇上谁都知道，这陈家老二万贵是个有名的玩玩，为人义气，喜结天下朋友，乐游名山大川，视金银如粪土，善于博彩豪赌，因被小人算计，祖传的一千多亩良田，一夜之间便化为乌有，只能离家出走云游四海。没料想这三侄儿，一个比一个败家，也与叔叔品性相同，生性豪爽，又好赌，不像其家父一般善于持家理财，眼见得这祖上一辈辈聚得的家产，被他们玩弄得日见瘦小，家父积郁成疾，一命呜呼。

　　赌局设在正堂里，唯叔侄四人，叔侄四人毕竟都是经过风浪的人，打牌稔熟，又工于心计，虽有时起牌有好有孬，然终于稳住牌局，数圈下来不相上下。

　　大约过了一个时辰，桌面上出现了一局奇牌。首先是两滴血开局：宝子翻番。几圈下来，三侄儿手中各有四张牌，而叔叔万贵则是单吊一牌，翻一番，而且又有春夏秋冬、梅兰竹菊两个四喜八张花牌，此两四喜又得两个翻番。眼看得桌上的暗牌一只只减少，三侄儿就是与和牌无缘，而家叔每圈一只花，圈圈惊心动魄，一旦杠上开花又得翻番。一直到桌面上只有两只暗牌时，又轮到三叔摸牌，三伲儿一点花儿，心惊肉跳：还有一只花儿，这将预示着如果杠上开花加海底捞月，又将两个翻番。叔叔万贵这时倒不上紧了，悠悠地呷了口茶，一摸翻出个花来，却不忙捞那底牌，这愈发吓着三伲儿，一个个额上早沁出汗来了；万贵又吧嗞嗞抽了几口水烟，再一摸说和了，翻开朝自己桌面上那一只有力一扣，啪的一声响，惊得三伲儿跳了起来，人也哆嗦了，十二张花，翻六番，每家可得输田地416亩。

只是大伲儿大平眼快，说，我的亲叔叔哎，你可不能吓我们啊，你只一张牌怎么能和呢？叔叔万贵说：你们找桌面上有几只一饼就可以了。于是众伲儿开始找牌。三伲儿先摊开各自的庄牌，分别是大平二饼三饼各一只加一对二万，能和一、四饼；大安是二饼一只三饼一刻能和一、四饼带二饼；大乐是一饼、四饼各一对能和一、四饼；叔叔则单吊一张一饼，而桌面上谁也没拿找到另一张一饼，于是众人四下里找，均未能找到。事实上，叔叔确实单吊一饼和了一副奇牌，只是另一张一饼没有了下落，三伲儿谁也不肯认账。

叔叔说：你们要赖账我也没办法，只是谢谢你们好酒好烟相待，恕我一路劳顿想先歇息了。说罢起身去偏厢房安寝。

叔叔走后，三伲儿总觉此事蹊跷，似乎不找出那张一饼心里不安，于是呼些下人，把正堂上下左右找了个遍。最后，在几乎绝望之际，那只一饼竟被一下人从屋顶下的斗拱上用鸡毛掸帚碰了下来。

三伲儿疑惑未消，半晌才说，高手，叔叔确实是高手。

第二日一早，三伲儿早早地候在叔叔就寝的偏房外，都想探问成此奇牌的诀窍。只是一直候到午时，也不见叔叔的身影，推门进去，叔叔早已人去屋空。

自此，三伲儿金盆洗手，再也不涉足赌场，因为他们都知道，叔叔如此高手，最终还是落得身无分文的地步，何况他们呢！

一幅浴女图

　　李薪曾经帮助过一位老者，一位在陈墩镇上被人唤作司徒伯的、会画画的、有着很是传奇经历的、十几年来一直苦苦支撑着风烛残年的老者。

　　司徒伯早年在沪上读美专，美专毕业后留在沪上一所很是普通的中学教美术课。司徒伯学的是西洋人物油画，教中学美术自然用不到，只课余时在教工宿舍里随意画画，为的是不让自己的专业有所生疏，不料因此在不大的中学里被人视为异类，其实最让司徒伯倒大霉的是他曾经在毫无设防的情形下跟几个自以为是知根知底的同事说过的早年读美专时曾经看到过先前沪上一个叫蓝苹的女电影演员的裸体素描，这就犯了天大的忌讳。更让司徒伯不曾料到的是，这几个自以为是知根知底的同事当中，竟有人在运动中告发了他，让他因此丢了中学美术教员这舒心的金饭碗不说，还进了班房又被判了极刑险些被枪毙。十几年后得了一身毛病算是纠正了冤假错案的司徒伯从劳改农场重又走上了社会，只是在让他重回那所中学的时候，他放弃了，因为那个在运动中告发了他的人正稳坐在他的校长宝座上，他一听他的名字就上火就来气，他最终选择了放弃。回到了陈墩镇，没有赖以生存的工作和生活来源，司徒伯一家的日子日见窘迫。儿子先前还在镇上的塑料厂里做操作工，后来厂子不景气也就下了岗，又没啥文化，只能零打碎敲地给人看看门做做保安，日子也过得紧巴巴的。司徒伯在农场时得了气管炎，天一凉人一累，那气管炎就犯，司徒伯没劳保没医保，不敢进医院，只能自个看着书到附近的小山上采些草药，久病成医，也就这般挺了过来。司徒伯会画画，身子好的时候也就画些画，只是陈墩镇地方小，没人会买司徒伯的画，其实就是买了也没人敢挂，因为司徒伯学的是西洋人物油画，自然画的还是西洋人物油画，这西洋人物油画中最出彩的自然是各色裸女。司徒

伯画了，先放着，有收画的打听着上门来，估估价，给些定金，就捧走了。有的再也没来过，有的来了说是画不好卖，再给些定金，也再捧走一些，对此司徒伯也不大计较。只是司徒伯愈发老了，气管炎愈发厉害了，能画画的日子也愈发少了。

李薪是在一次偶尔的情况下，得知司徒伯这些情况的，李薪很同情司徒伯，在司徒伯身上隐约看到了自己的影子，只是庆幸自己没有经历那扭曲的岁月。李薪决计以自己微薄的能力帮助司徒伯，只是李薪不是大款，他不能给他很多的资助。可当李薪将自己的一千元钱放进司徒伯手里的时候，老人不快了甚至有点恼怒了，老人说，我这辈子要是低三下四了，我也不会日子过得如此窘迫。李薪愈发敬重老人，换了另一种让司徒伯能够接受的方式资助了他。李薪跟同过学的镇文化站站长说好，在文化站无偿地为司徒伯开了一个中老年人美术兴趣班，时间安排上比较宽松，由他李薪提供一些活动经费和老人的讲课费用。司徒伯有了这些讲课费，再加些不多的卖画的钱，还能对付着过过日子，只是仍不敢进医院看病。如此几年下来，不觉之间，李薪也花了上万元，但反过来想想，自己早年父亲就过世，就好比赡养老父亲一般。

这年暑假里的一天，公司里有人告诉李薪有一个病恹恹的老人在他出差的时候来找了他好几次了，李薪想定是司徒伯吧，料想定有啥要紧的事，也就有意地候他。过了半个月，老人才又来了，气喘得厉害，见了李薪说，他是专门乘了车从镇上过来给李薪送画的，同时也告诉李薪自己实在年岁大了，讲不了课了。

司徒伯走后，李薪打开这幅包裹得严严实实的画，一看吓了一大跳，竟然是一幅少女出浴图，全裸的少女光洁鲜亮姿态婀娜，让人骤然心跳。李薪第一次发现老人竟然还有如此年轻的心。只是李薪如做贼一般，把这画深藏了起来。

半年后，一纸法院的传票让李薪吃惊不小。至此，李薪方得知，司徒伯送他画的第二天便离开了人世。而司徒伯的家人告李薪侵占了原本属于他们的那幅曾在香港得过大奖的浴女图。司徒伯的家人拿出了浴女图的得奖证书。可李薪找了好几天就是找不到那画，李薪这才感到事情变得复杂起来。于是，向几乎所有的朋友讨教。

开庭那天，说是愿意帮他的好朋友刘渊如约而来，当司徒伯家人提出诉讼请求以后，刘渊就把一幅包裹得严严实实的画当庭一层层展开来，

让司徒伯家人鉴别，司徒伯家人互相间面面相觑一番，无人有异议，法庭也就当庭宣布原画归还。

出了法庭，李薪私下里拉着刘渊说，这画怎么在你那里?! 另外，我记得那画跟这画有点不一样的，那画要鲜亮得多。刘渊说，怎么可能一样呢?! 这是我找懂画的朋友给淘的，才花了二百五十块钱。

李薪听了心里很不是滋味，快快地说，这事虽了了，但实在是愧对了那耿直无瑕的老人的一片好心!

刘世康的床

刘世康顶替父亲上船当学徒时，还没相上对象。陈墩镇水利施工队就他一个单身，故船队长安排人值夜时，总那么一句，世康，你夜里就呆在船上吧，待你讨了媳妇，我让你天天上岸。于是，船上就有了世康专用的床铺，在机舱上层的一个小小的隔层里，窄窄的短短的，爬进去，脚一伸正好够睡。世康天生好睡，每晚在船身与床铺的晃荡之间呼然入睡，夜夜如此。工程船有了世康的厮守，泊东泊西的，挺放心。船上从没少过一样物件。

水利施工队是正宗的国营单位，不是顶替他父亲，刘世康是根本不可能进这么好的国营单位，拿这么好的工资福利。刘世康工资福利高，自然找对象很好找。刘世康找的对象是苏北老家乡下的。工作第一年找的对象，第二年结的婚，第三年生了个女儿。只是刘世康结婚后，船队长对他的承诺没有兑现，一则刘世康在镇上没房子，睡船上睡岸上都一样。再则就是，刘世康每年要集中休一次年假，大包小包买些东西，非常光耀地回老家住上一段时间。有时，老家过了农忙，他老婆也带着女儿过来在船上住上一段时间。就这么一来一去，分在两地的日子也过得蛮有滋味。一晃，竟过了三十来年。船队长、同船的工人换了好几茬，而刘世康却一直没有离开这船。刘世康会驾驶，又常年住在船上，船离不开他，他也离不开船。到后来，人家一说那船就说成了刘世康船。刘世康一直在船上当着老大。

逢年过节的，一任任的船队长都是那句话，老刘师傅，你就呆在船上吧，过了年我放你年假。刘世康从没二话。

后来，施工船换了新的，刘世康的床铺比先前敞亮多了，有绿纱移门挡着，头边还支了盏小电灯、安了架蓄电微型吊扇。一个人躺在那铺上，晃晃悠悠的挺好入梦。老婆过来，两个人睡在那格床铺里，也不显得很窄。

到了刘世康五十六岁那年，他的眼睛犯了夜盲症，开偌大的施工船，实在叫人放心不下。公司里这才把他调上岸，住传达室，看公司的新办公楼。

传达室很宽敞，前后两间，是大楼靠门的一个大办公室改建的，里间是老刘的宿舍。

上岸的头一天，昔日工程船队长现今的公司邹经理专门吩咐后勤科长说，老刘师傅是公司里有贡献的老工人，在船上呆了这么多年，还没有像模像样睡过大床，这回一定要给他置一张宽敞舒服的大床，买床的钱公司里报销，还有那床油腻兮兮的铺盖卷也给他换新的，软和一点的。

后勤科长自然当经理的安排当回事，跑"好家居"商场给他定了张好大床，还配了张"情人岛"席梦思。这晚，老刘师傅终于三十来年头一回睡上了大床。

过了几天，邹经理外出开会回来在传达室门口撞见老刘师傅，竟吃了一吓，只见他眼眶肿肿的，眼球上满是血丝，人蔫蔫的。老刘跟经理说，老邹，还是让我回船上去睡吧。这大床，空空的，躺在那上面心里总是慌得很，越慌越是睡不安稳。三夜了，一直没合上眼，再这样下去，我可要生病了。

邹经理想想说，你再试一晚，如这晚再不行，你就回船上去吧。

这晚，老刘被邹经理叫去经理办公室喝酒聊天。食堂里专门帮他们烧了碗红烧肉，切了些猪耳朵鸡爪之类的熟菜。酒是他们先前在船上常喝的鬓头黄酒。一碗一碗，边喝边聊，聊得很晚。邹经理说，我真的得好好谢谢你，这三十多年看好那么大一条施工船，真的不容易。刘世康说，我还得谢你呢，你让我睡船上，又不收我房钱，一睡睡了三十多年，这么好的事，谁能够摊上。喝了些酒，酒劲正酣时，刘世康回传达室，上床后竟然一觉睡到天亮。真的睡了一个好觉。第二天，老刘直说还是老邹有办法。

有人不解，进刘世康宿舍一看，只见那床的底边被锯成弧形，还加上了一道竹篾，人睡在上面直晃悠。这是经理让后勤上给专门弄的。

邹经理私下里对人说，其实，这辈子老刘已经离不开那船的晃荡了。

独木桥上

阿义他们的桥梁工程队在陈墩镇上拆了旧桥还没建起新的桥时，先在豁了口的河道上搭根原木，供施工人员干活时搭个脚行个便，按说陌路行人得绕远从附近其他几座桥上过去，可谁也贪个方便，一个个宁可猴模猴样地在独木桥上晃过来摇过去地出洋相，也不愿多跑几步路。

阿义人虽老实，可他那班小哥们却都不是省油的灯。每回遇上哪个俊俏的小姐要想打独木桥上过去，他们便顿时会疯成猴样，一个个拿声拿调地逗趣："小姐姐，要不要搀一下唷？"脸皮嫩的小姐顿时两颊绯红，快快地匆匆落荒远遁，他们也就没了下文。只有遇上泼辣的见过世面的会骂人的大姐，他们才棋逢对手，大姐骂一句，他们"唷"一声，唏嘘一片，又招来一声臭骂，如此这般，送那位这位大姐走过独木桥。他们觉得在这儿建桥挺有趣。

这种行当，阿义是从不介入的，只是在一边憨笑。

一回，正遇队休，阿义当班在工地上值夜。第二日一早，薄雾弥漫，地上聚有一层薄薄的冻霜，踏在脚下叽叽发出细微的声响，那独木桥上也有。阿义端着只热气腾腾的大碗，正蹲在工棚旁喝着热粥。一起当班的阿元去镇上买菜去了，工地上空荡荡只阿义一人。

薄雾中，独木桥那头正过来一位蒙着头巾的大姐，挎着只大竹篮，定是心虚胆怯，步履维艰摇摇晃晃。

阿义托着大碗，迟疑再三，口吃得厉害："大……大姐，要……要不……搀，……搀搀……"

大姐晃了晃，没吱声，又向前挪步。

阿义猜上去定是她蒙着头巾没听分明，于是为增加语气，用竹筷敲了几下托着的大碗，又大声地喊道："大……大姐……"

"大你个屁！"那大姐驻住脚，摆开蹬马架势，骂声连珠袭来："臭流氓，尿泡水照照，猪八戒一样的人，也想揩便宜吃豆腐捏瘪柿子，瞎了你的贼眼乌珠，撞在老娘手里，没你的便宜揩!"阿义"我……我……"地吱了半天，也没吱出个下文，自认晦气，闷头只顾喝粥。

那蒙头巾的大姐出了大气，威风凛凛，脚底似乎也轻了，竟一连挪了好几步，好生得意。

孰料，乐极往往生悲，独木桥上有霜毕竟又滑又险，那蒙头巾大姐足下一个闪失，便一个踉跄，惨兮兮惊叫一声，栽到桥下水里，先是没了个透，后重又浮出水面，托着个湿发遮掩的脑袋，若浮若沉。她挣扎着惊呼"救命——"。

阿义摔了手里的碗，顺水流跟着脑袋沿堤岸跑，手足无措。

"大哥……，救……救……我……"水中的声音断断续续。

阿义几番冲向浅滩却迟疑不决，最后返身往工地跑。

"大……哥……"水里的声音凄凄惨惨带着绝望。

阿义终于扛着竹篙重又折回，但无情的河水已吞噬了一切，唯有一串零乱的气泡隐现。

终于有人赶来，下水，把湿漉漉的大姐抬上岸，七手八脚按胸脯吸苦水摸脉搏……

阿义手持竹篙，呆呆的，木偶一般。

众人怏怏的，恶言恶语义愤填膺。还有方才隔河冷眼里瞧着前后一幕幕的，这回更把他骂得禽兽一般。

阿义"我……我……"，吱了老半天，还没吱出个下文来。

买菜回来的阿元先是不动声色地听，最后声嘶力竭地喊起来："阿义根本不会游水的!""我……我……"阿义这才吱出了下文，"其实……我……搀她……没……没坏心……看她滑……唉!"阿义痛苦地抱着头。

驼背阿炳

临近中秋，鹿城县邮局组织一年一度的职工文娱体育比赛。那天，离城最远的陈墩镇支局长驼背阿炳正巧在局里，大伙便撺掇他也报个名。

他挑了挑，选了自行车投递比赛。

支局长阿炳是局里挺出名的人物，五十多岁，个儿瘦小，背微驼，走路时两臂摆动似鸭子划水，平时说话一急就结巴，人挺随和，从没气恼，故大伙常喜欢跟他没大没小地逗个乐。

阿炳是鹿城人，生在高板桥边水秀弄，他爹也是邮局的老员工。阿炳初中毕业，正好赶上邮局招工，阿炳进了邮局，被分配在陈墩镇跑乡邮，一跑跑了三十来年，从一个普通的投递员跑成了支局长。做了支局长，阿炳坐不住办公室，还时不时地替替班，跑跑乡路。

此次阿炳参加的自行车赛，分两项，头项是快车投递，总局偌大的办公区内场地过道的边边角角处设了五十个投递点，既比谁的骑车速度快，又比谁的投递准确率高。这是投递员的基本功，报名参加的人不少，分了几组。

比赛开始，二十来个参赛男女以稔熟的身姿翻身上车，飞车逐个投递，真可谓个个矫健，人人身怀绝招。阿炳分在第一组，自然也不甘落后，只是个儿精瘦似猴，又驼着背，那骑在邮车上的模样稍有点滑稽。半道中歇车时，阿炳用一脚尖踮地撑住车身，因为个子小，需半个身子侧着，那模样更是令人捧腹，引来一阵阵哄笑。终点线上不出众人所料，阿炳最末一个到达。然而，投递准确率一复查，大伙傻眼了，唯驼背阿炳的投递准确率为百分之百，综合打分，居然是他名列第二。

第二项比赛，是掮邮车投递，这项比赛可能在全世界绝无仅有的。这比赛项目，其实也不是谁独创或发明的。鹿城乡下大部分是水乡，很少有马路，邮递员跑的邮路大多乡间的田塍。有的邮路上，隔着一条条河，得扛着邮车摆渡过河。这扛车也是基本功。比赛开始，二十多个参赛者，掮起绿色的邮递专用车和两袋"邮件"拼命往前跑，唯有阿炳没

有跑。那自行车捎在他肩上，显得很笨重，只是他弯驼的背，无疑增加了承受车身重量的力点。他迈着碎步，不紧不慢的，很有章法。投满五十个点，得在办公区内绕上好几十个圈，结实的车身不轻的分量，使那些冲在头里的愣头小伙渐渐心力不支，车架压得肩膀生痛，只得轮番换肩，不住歇脚喘气，一个个都落了下来。而阿炳竟在不紧不慢之中赶了上来，把他们一个个抛在了身后，最后居然是头一个到了终点，比第二个快了好几分钟。接着复查，投递准确率阿炳又是百分之百。

众人哗然，疑惑。

知情者道是驼背阿炳在陈墩镇辖下的那几条邮路，支支岔岔尽是小道，是全县最长最难跑的邮路。渡口又多。一下雨，邮车粘着泥推也推不动，只能扛在肩上跑。每天正常的投递也常常是人骑车多久，车又得骑人多久，而阿炳在这里一干就是三十来年，没挪过窝，据说背便是长年捎车压驼的。

比赛结束后颁奖时，正好县报的摄影记者赶上，抢拍了几张阿炳领奖的照片。阿炳是省劳模，过几天的县报上，自然能上。谁知，报社总编在审样稿时，看了阿炳的领奖照片，犹豫了一下，最后还是给撤了下来。不为别的，记者抢拍的新闻照片，无论摄影技巧还是用光取镜上都无可挑剔，特别是人物的神态，非常传神，颁奖领导神情和蔼，而阿炳坦然的脸色无需言表。可总编坦言，这样的新闻照片主要人物的内在品位欠雅，跟领导点头哈腰的，编在报纸上，要影响地方党报宣传的思想性。总编说，对于劳模，我们当然是非常敬重的，但越是敬重，越是不能不考虑劳模的人格形象。照片没能上报，记者很郁闷。当着那么多邮局职工的面拍的照片，连自家的报纸也上不了，这让记者很尴尬。

半年后，这记者在陈墩镇采访时，正巧赶上阿炳替班，在送高校录取通知书。银泾村的金钟，考了几年，这年终于被一所大专院校破例录取。当阿炳把录取通知书送到金钟手上的瞬间，被正好赶上的记者抢拍到了。这张照片，不只上了第二天的县报，还被一本很有名的摄影期刊选为头幅。照片的背景是水乡农村的小石桥，照片上的邮递员阿炳站在泥泞的路上正弯着腰把一封彤红的入学通知书送到这位坐在粗糙的自制木轮椅上的残疾青年手里。照片是仰视取镜的，哈着腰的阿炳显得很高大，神态慈祥和蔼，而那残疾青年的眼神也挺坦然。

照片刊出后，竟然还得了一个大奖。

三 官

　　三官是陈敦镇中心小学派到银泾村小学呆的时间最长的公办教师。

　　三官个高瘦削、面白清癯，十指纤细，乍一看，就知是城里来的教书先生。村里人只知三官是苏城人，其实三官父亲死得早，苏城只老母和妹子二人，早先时母亲帮佣拉扯他，好不容易让他读到初中毕业，后来三官听人说读师范不光不要自己花学费，学堂里还供吃的，急猴猴就报考了师范，不想一考就中。师范毕业，他便被分配到了离家很远地处苏南乡下的这银泾村小学当公办教师，最初月薪二十四块，每月领了工资，三官自己留小一半，大一半从镇邮所寄给母亲，这在当时，这笔工资足使清贫的全家两地都过得有滋有味。

　　三官虽说写一手好字，肚才也不赖，就是面相太善，一急便口吃得厉害。才来那一阵，完小校二十来个学生，分六个班，统共两个老师，他教高小复式三个班，可那十来个学生一到了他手上，个个比猢狲还猢狲。三官先教一个年级，另两个年级的学生不肯老实候着，奔来跑去给他捣乱。没法子，他就聚拢来胡搅着上大课，学生又不依，有的叫不懂，有的喊早学过了，他一恼就口吃得厉害："我……我去……告……告……""告"了半天，也没"告"出个下文，小猢狲们全被"告"乐了，好一阵疯闹。实在没法，三官就讲故事哄大家，说好了讲一段故事上一段课。开始还灵，后来，小猢狲们发觉这三官讲故事也结结巴巴听着让人揪心痒，索然无味，不多时，这一招也没了用。

　　说来也不巧，那日，镇上管文教的助理由镇中心校长陪着，下乡校检查，听说银泾村小学安排了苏城来的师范生，兴致很高，说，去看看。他们一行几个还没进校，老远就听见一片念书声、讲课声、哄闹声交杂着的声音。才走近，见课堂窗户洞开，突然跳出来两个猴样的学生。助理一愣一把逮住了后跳出的那个，厉声问："上课还是下课?!"学生看见是陌路人，也不知深浅，犟了几犟没犟掉，张嘴就是一口，助理捂着手腕直跳。于是，三官被叫了过来，好一顿训，这书也不让他教了，新来个民办老师代了他。

三官不教书，这人反而忙了起来。每日一早起来得把操场打扫一遍，然后去开课堂门。村里的牛常从操场上牵过，不时还留下一堆堆牛粪，他得及时铲去。上课下课，他得去敲钟。升国旗，他得用口琴吹国歌。新来的民办老师是外村的，中午在学校里搭伙，他得烧饭。路远的学生，只带些米，中午得管他吃饱。办了个小食堂，蔬菜也得他自己挖了边角地，自己种。自从种了菜，又得管茅坑，脏了得冲洗，满了得舀掉，常年把个茅坑拾掇得清清爽爽的。这粪水在乡下很金贵，学校菜地里用不掉，自有村里舀去浇菜浇瓜，待菜瓜上市，村里也不忘送些粪钱过来。于是，三官处便有了个小金库。每学期开学前，三官就去镇上买些方格薄子橡皮铅笔发给学生们。课堂漏了，他得去找人捉漏。窗坏了，他得找人修理。若镇上捎讯有新老师要来，他得约了船去镇上接人。若有老师走，他又得去送。这银泾村出进水路，很不便，特别是公办教师来来去去是常事，这可忙坏了三官。至于镇中心校开会，有时因完小校长没接上茬，也把他叫去代开学校负责人会。故而，大伙跟他戏谑：三官，三官，管课堂，管食堂，管茅坑。然他也不气恼。

三官自来了银泾村，苏城一般是一年里回两次，开首几年，假期里回去呆的时间还长些，小屋的桌上，总有一张大辫子姑娘的照片。到了后来，三官回去则来去匆匆，在那边呆的时间也没有几天，回来就忙学校的事情，即使放假，也把学校收拾得干干净净，像自家的庭院一般。至于小屋桌子上那张照片啥时没了，大伙也全都没在意。

一转眼，三十多年过去，三官也到了退休的年龄，收拾了东西，三官告老回了苏城。可自打三官走了，课堂漏雨了，门窗坏了，食堂断炊了，菜地荒了，大家又开始牵记起三官来，特别是茅坑满了，脏兮兮的没法上，大家更牵记起三官来。

一日，正放着学，扛着行李的三官突然出现了，师生们围过来，把他拥进了他那间空关着的小屋。

"怎么又回来了？"大伙问。

三官淡淡地带些哀伤地说："老母过世了，没了牵挂，我想想还是回来吧。"

于是，大家看到了三官臂上的那块黑纱。后来，有人说，三官压根儿就没结过婚。老母过世后，家里的老房子一直是妹子一家住着，本来就很挤，根本没三官可待的地方。

阿 瑞

　　阿瑞耷拉着脑袋拖着脏兮兮的铺盖卷走出大山回到故乡鹿城的那年，已是四十好几的年纪。过去的一切，对阿瑞来说，都已非常模糊，只是二十多年前农场里那场无缘无故极为无聊的争斗，他至今仍刻骨铭心地记着。那原本不是他的错，他只是一个善意的劝架者，只是混斗中争斗的双方都诬他怪他，硬逼他出了手，也活该他和看热闹的小毅倒霉。后来，民警也说同室小毅的死纯属他偶然的失手。就是那块混乱中失手飞出的石头，使他一下子成了不可饶恕的罪人。

　　阿瑞的老父亲早在几年前就过世了，他知道是抑郁而死的，自然为了他。老母亲也走了，说是宁可跟嫁在遥远北方的姐姐，也不想见他。这样一来，在鹿城，他已经没有一个亲人。老父亲死后的小屋，还为他留着，只是像样一点的工作没法找到。他每天的营生便是为人家换换煤气、修修管道、通通阴沟。反正这样的日子，比起大山里要过得滋润，什么时候累了，歇上一天半晌的，还是由着他。下雨了，在小屋里慢慢地喝些酒，也没人去说他。

　　这日，街道里有干部来找他，说是陈墩镇上有个姓谭的孤老，瘫在床上，问他愿不愿去照顾。吃住在那里，工钱还可以。老人做了一世的个体牙医，手里有些积蓄，只是那钱放在那边的街道里。每月末里，由街道干部评估了阿瑞的工作后再付工钱。

　　犹豫了再三，他还是去了，一去也就干上了。其实，在老牙医家，也没啥大事，只是得整日陪着，白天为老牙医烧水做饭端屎倒尿，晚上就睡在老人床边。平常陪着老人晒太阳、上医院、去澡堂，这得他背着，反正他也有的是力气。

　　只没想到的是老牙医并不领他的情，他吃苦受累没声道谢不说，整日还跟他耍老傻子脾气，痴不痴癫不癫的，嫌药苦会喷得他一脸，拉多了屎

会涂抹得到处是，尤其是月末算工钱那几日，更是闹得他整日像小学徒一样，处处陪着小心，还处处是他的不是。

那几日，街道干部天天来家里，说是评估他的工作，按他的工作质量给工资。街道干部当着老牙医的面老找他的碴，只是私下里告诉他，老牙医不是脾气怪，也不至于照料他的人换了一茬又一茬，你实在不想干，也不怨你。阿瑞好多回想就此歇手不干，只是想想若是自己的老父亲，再傻再痴，他也甘心情愿。如此这般想想也就忍了下来。

不觉间一年过去，老牙医在阿瑞的精心照料下也慢慢地顺气了。只是阿瑞瞌性重，半夜里老牙医睁着两眼候天亮的时候，阿瑞总是呼噜打得应天响，这使得老牙医常变着法子治他，阿瑞睡眼惺忪中只能顺从。之后的日子里，阿瑞想了一个法子，就是在自己临睡前，用一根纱线一头缠住自己的一缕头发，另一头缠在老牙医的手指上，只消老牙医轻轻一拉，他便会因此痛醒。

头一晚，老牙医拉了十来次，每次都拉得他头皮肉揪心地痛，而每回弄醒他无非是些要喝水要撒尿之类的小事，有两回是为了问他几点了，还有几回，竟什么都不为，说是忘了。

一连几晚，阿瑞就这般被折腾着，而每回他都这般想，若是自己的老父亲还活着，再折腾，他也心甘。

这晚，他做了一个梦，梦见自己的老父亲就躺在老牙医的那张病床上苦着脸嘴里喃喃地说着啥，他跪在一边"爹、爹"地唤着，而老父亲就是不理他。他想老父亲一定还在生他的气，于是"爹、爹"地唤得更响……突然梦中惊醒，却听得一边呜呜的哭声。阿瑞想一定是自己梦里的叫声惊动了老牙医，触动了老牙医脆弱的神经。

这之后，老牙医竟然像变了个人一般，气顺了，心眼也细了，不痴也不癫了。

这月末，街道干部过来例行评估他的工作。评估后，多给了他两百块工钱，说是这回老牙医讲他很好。这让街道干部也很奇怪，这可是破天荒的第一回。阿瑞拿着多给的钱，上街买了些老牙医喜欢的小吃，让老牙医吃。只是老牙医说啥也不吃。

街道干部看在眼里，私下里跟阿瑞说，看来，老牙医没几天活了，其他不说，就看这坏了这么些年的臭脾气一下子变好了，就很反常。

老牙医的胃口一天不如一天，脑子却比先前好。老牙医跟阿瑞说，阿

瑞啊，我有你这么个儿子，这一世也算不亏了。说的时候，老牙医神志很清，半点痴傻也没有。看来，阿瑞的梦话，老牙医当真了。

阿瑞顺势认上了爹。没几天，老牙医真的去了，淌着两汪混浊的老泪去的。

老牙医死后，街道干部来帮助整理老人的遗物。无意间，发现了一只生锈的铁皮盒，众人打开一瞧，里面一张照片、一张印刷品，都已发黄。阿瑞凑过去一看，没想到那照片竟是阿瑞他们当年一起插场知青的合影，只是他被人用红笔圈了起来。那张印刷品则是当年他误伤小毅后被判徒刑的布告。

阿瑞没想到，老牙医竟然是小毅的父亲。

阿瑞找出老户口本，果然在那上面见到了小毅的大名。

只是，不知道，老牙医有没有认出他来。

支　撑

　　父亲去世的时候，司马垣还小还不懂事，那个顽皮劲，镇上熟悉不熟悉的人见了都摇头。这司马垣上学时，不是丢了书包，就是扯坏了人家的衣裳。放学了，不是砸了人家的窗玻璃，就是自个掉进河里。

　　为此，司马垣的母亲不知跟人家道了多少歉，哭干了多少眼泪，也不知多少次被老师叫去陪着挨训。老师常说，这孩子脑子特灵，以后要么成大器，要么……眼下之意，司马垣的母亲自然很清楚。

　　为了儿子，司马垣的母亲整日愁得寝食不安，有时实在没法子，上班时也没心思，时不时请了假，到学校里看着儿子上课、做功课。司马垣的母亲，原本是镇上供销社的出纳会计，就是为了顽皮的儿子没心思上班，后来把出纳会计的饭碗给丢了，甘心到肉店里收钱。那时，肉店只上早市的，早市的肉卖完，得第二天早市才有肉，正好给司马垣母亲腾出时间来看管儿子。

　　司马垣父亲去世后的第二年，镇上姓凌的副镇长妻子生病去世后让人过来捎话，说愿意做司马垣的新爹。司马垣母亲把捎话的人推出了家门，本来交情不错的小姐妹，就为捎了这句话，竟然不再理人家了。

　　说也奇怪，到了十二岁那年，司马垣像突然变了个人似的，一下子变得文文静静，心也不野了，祸也不闯了，功课门门优秀，电脑、航模样样玩得转，而且老是能够拿大奖。

　　自此，司马垣母亲的脸上开了颜，每天人前人后只要人家一说起儿子，心里便喜滋滋的。只是，开始玩电脑、航模的司马垣，又让他母亲费心思。司马垣越玩越往高级处玩，尤其是航模，越高级花钱越大。这让工资不高的母亲，只能省吃俭用，把一个钱算成两个用。

　　司马垣天资聪颖，再加学业上肯下功夫，初中升高中时，考了陈墩镇中学全年级第一，高中考大学时又考了全市第一，成了令人刮目相看的南大生。本硕连读，七年寒窗，成绩优异。

然当司马垣拿着麻省理工录取通知回到陈墩镇的时候，犹豫了，只见才四十来岁的母亲，眼角已布上鱼尾纹，脸容憔悴。更在母亲熟睡时，司马垣发现了母亲的秘密，自己的母亲竟然没有一根头发，光秃秃的令人心酸。司马垣哭了，他知道，为了抚养他供他读书，这些年，母亲放弃了自己喜欢的工作，自己省吃俭用，付出了很多很多。连自己患病多年，也一直瞒着他。

第二天，司马垣说是去探望一些以前的同学，默默地走出了家门。这十来天中，司马垣几乎跑遍了江浙沪一些热闹的人才市场，最终在苏城工业园区为自己谋得了一份月薪八千多的工作。可当司马垣喜滋滋回家把这消息告诉母亲的时候，呆滞了老半晌的母亲突然扬起手在儿子的脸上狠狠地扇了一巴掌，然后一摔门，埋头睡了，且昏昏沉沉睡了一天一夜。司马垣慌了，跪在母亲床前，恳求，娘，你说一声话，你让我干啥，我绝对不会不听的。

母亲没说话，指指大衣橱，司马垣过去一瞧，两行热泪淌了下来。母亲已为他准备了全套的行装，还有好几叠崭新的现钞。

司马垣默默辞去了新找的工作，踏上了异国的土地，攻读梦寐以求的博士学位。

每个月，司马垣都要给远隔重洋的母亲写一封信，母亲则定期汇上一些生活费，叮嘱他想吃的，就买了吃点，不要太苦了自己，坏了身子。母亲还常在信中告诉他，母亲的工资又涨了，又找到一份会计兼职了。只是电话费贵，母亲不让司马垣朝家里打电话，后来干脆把家里的电话给拆了。

几年后，获得博士学位的司马垣，回到了陈墩镇，回到了日夜思念的家，可当他推开家门的时候，开门的李阿姨让他一脸疑惑。

李阿姨，司马垣当然认识，母亲从小要好的同学。李阿姨告诉他，他母亲已在两年前患病去世了，这房子是他母亲为筹集他出国留学的费用而抵押给她的。后来的信是她写的，款也是她汇的。

李阿姨告诉他，她们从小跟同一个老师学的字，所以字写得几乎一模一样。

这所有的一切，其实都是他母亲精心安排的，他母亲临死前再三恳求她，她唯一的心愿是让她帮着守着这家，像她活着一样支撑着，好让她的儿子能学成回家。

玩笑档案

　　李斌高中毕业那年，街道里动员他到苏北一个沿海农场工作。当时，社会上习惯把这工作叫做插场，管他们叫插场知识青年。陈墩镇二十多个知识青年一起到了苏北农场，一呆呆了七八年。一直到了 1979 年底，原先的农场要解散了，李斌将跟所有插场青年一样回老家陈墩镇，重新寻找工作。

　　到了该散伙的那天晚上，同是陈墩镇来插场的李群把十几个要好的插兄插妹召集到自己的办公室里喝散伙酒。

　　李群是场里负责人事的副场长，是最早到农场也是发展得最好的一个，办公室桌上堆满了大家的个人档案材料，有点像电影里国军打了败仗的前线司令部。

　　喝酒喝到有点高的时候，有一人瞅了瞅一边大堆的档案说："群哥，把我那打架记大过的档案给撕了吧，求你了，让小弟将来也好重新做人。小弟借你的酒敬你。"

　　另一人说："这档案有啥屁用？假如写我杀人纵火，我照样好好地活在这世界上，不信，试试?!"

　　这人话一说，一半人赞同，一半人不赞同。

　　有人僵着舌头说："要不，我们给档案里加点啥，看管不管用。"

　　好多人都觉得这主意不赖。

　　李群也喝高了，兴奋地喊："笔墨伺候！"

　　写啥呢？有人说："就写，此人不可重用！"李群在农场的红头信笺上写了。众人说："还写一张，此人可以重用！"李群又照写了，写得很工整，写毕，找公章，亲自在才写的两张公文纸上盖上了农场的大红公章。农场大红公章，可是一级权力的象征，平时谁要请探亲假、打结婚证明、外出开旅社，甚至到城里拉大粪，都得来盖公章。没公章人家不认。有人开玩笑说，如小娘们生崽，没这大红公章盖着，那就得在肚子里憋着。这天，开个玩笑，一盖盖了俩公章，大家都觉得这玩笑开得够劲，过瘾！

那晚，大家都喝醉了，最后那两张盖了公章的公文纸塞到哪个档案袋里去了，大家都不知道。大家都不在乎。有人说，开玩笑就是开玩笑，看能当真不?!

李斌回到陈墩镇后，先是在街道办的服务社干了半年。后来考上了地区的职业大学，读了几年，毕业后分配到陈墩镇拖拉机厂，这可是县里最大的国营厂，从技术员干起，一直干到了工段长。厂大，那工段长也要管五十来号人。

李斌是厂里出了名的能人，啥事都难不倒他，啥新的机器新的产品，只要他一琢磨，准行。只是这工段长一干干了好几年，早听人家在传说他要升副厂长了，可就是干打雷不下雨。后来，终于有动静了，说是厂技术科缺人，厂里排来排去，李斌是最合适的人选，选他。可也等了好久，李斌才终于到了技术科。没科长，一个科就李斌一个副科长。这让李斌觉得很失意，从工段长变成了副科长，说是高升，反而降了。然李斌确实是个能人，他一个人抵了原先技术科几个人的工作，把厂里好多技术上的难事都处理得挺出色。李斌在厂技术科一干又几年，只是谁也不知道他还在车间里领工资。眼见得厂里比自己年轻的科员一个个被提拔被重用，李斌心里很郁闷。

一回，李斌做了个梦，梦见自己的档案里竟然放着早年开玩笑塞进去的那张盖有农场公章的"此人不可重用"的个人鉴定，不觉梦中惊醒，惊出一身冷汗。他想来想去，自己这些年一直很努力却老是上不去，定是自己的档案出了问题。

梦后，李斌为了能看到自己的档案，把心里的疑惑弄个明白，想了个绝妙的法子，就是跟管档案的小萱套近乎。小萱是个老姑娘，三十多岁还没有嫁人。人长得粗糙，眼界却挺高，仗着姨夫是县里工业局的一把手，人还有点傲气。跟小萱套近乎自然先要能打动小萱尘封的芳心。小萱的档案室跟李斌的办公室是紧挨的，又在走廊的最尽头，再加是闲人不得入内的禁地，小萱平时一个人关在里面也蛮寂寞的。这就为李斌套近乎提供了极大的方便。一段时间的热乎，李斌很顺利地见到了自己的档案。一翻，李斌惊出一身冷汗，里面果真夹着那写着"此人不可重

用"的纸片。后来，李斌使了个障眼法把当年私藏的另一张写有"此人可以重用"的纸片换进了自己的档案。李斌虽靠套小萱热乎办成这事，可没掌握好火候，脑子一热热过了头，竟然让小萱情窦大开，要死要活地要嫁给他。李斌没法只能假戏真演，与老婆离婚跟小萱结成了夫妻。

换档案成功后，李斌果然好运不断，仕途上一路绿灯，当了科长，升了副厂长、厂长，后来竟然坐上了小萱姨夫坐过的那局长宝座。最终因有插场经历、有本科学历、有业务能力、有工作业绩，李斌走上了副县长的领导岗位。

做了副县长的李斌分管工业。那些年老工业企业都在转改制，在有些人眼里，转改制是经济改革中最后一次给个人伸展的好机会。有能耐的人，谁都不想放弃这次佳机，故李副县长常被那些有能耐的人缠着。后来，李副县长原先呆过的即将倒闭的陈墩镇拖拉机厂也被纳入了转改制名单，找李副县长通路子的人很多了。最终，工业局经过一轮又一轮的筛选，拿出了最终的意见，让李副县长签字。

不就签"同意"两字么，李副县长最终在一个很私密的场所为一个说起来有点暧昧的女人签了这"同意"两字。然签了以后的事，事情竟不是李副县长想象的那么顺畅。最终实在是得了好处的那帮蠢人把个好事办砸了，把正在仕途上挺进的李斌给扯进了号子。

当戴着金属铐子、在那张薄薄的纸片上签上自己大名的时候，李斌忒感慨，心里狠狠地骂了一句，人生真他娘的是个玩笑！